FEUX DANS LA PLAINE

Graphisme de couverture : Odile Chambaut
Image de couverture : © Justin Scudney

www.lerouergue.com

OLIVIER CIECHELSKI

FEUX DANS LA PLAINE

roman

ROUERGUE
noir

Pour Nina et Marie, évidemment.

I learn by going where I have to go.

Theodore Roethke, *The Waking*

– I –

Alt. 840 m

1.

C'était ça : du bleu.

Il avait d'abord eu la sensation vague d'une anomalie. Il s'était arrêté. Il avait écouté. N'avait rien entendu d'autre que le roulement de la rivière en contrebas, presque imperceptible en cette saison, et le chuchotis du vent dans les cimes des résineux. Il avait jeté un regard circulaire autour de lui, sur le sol semé d'aiguilles et de pierres blanches, sur l'anarchie familière des genêts, des buis et des genévriers, et la brume tiède et rosâtre qui brouillait, juste en face, la colline de Villedieu.

Il s'était remis en marche, pour s'arrêter aussitôt : il avait vu du bleu. Une tache bleue dans le vert des sapins. Un trait de peinture, tout récent, sur un tronc. Machinalement il toucha l'écorce et porta son regard plus loin : une autre tache bleue, cette fois sur une pierre, à une quinzaine de mètres. Entre les deux s'esquissait un sentier. Pas une draille ni une des pistes qui s'étaient formées sous ses pas depuis qu'il arpentait la colline – sa colline. Non : arrivé à la pierre il vit une nouvelle marque, sur le tronc d'un jeune chêne. Entre les deux repères, l'aphyllante avait été piétinée. Et la marque suivante avait été tracée sur un rejet de pin dont les branches étaient coupées net d'un côté : un sentier avait été ouvert et consciencieusement marqué en bleu.

Stanislas Kosinski suivit les traces pendant un bon moment. Le sentier contournait l'aire de nourrissage, puis tirait des bords sur la pente rocailleuse. Certains jeunes sapins avaient même été sciés pour ouvrir le chemin. Ceux qui avaient fait ça n'avaient pas cherché à être discrets. Le sentier descendait un moment la côte qui s'effritait jusqu'à la route, deux cents mètres plus bas, avant de virer à droite au flanc d'un ravin touffu et frais où le soleil ne pénétrait jamais, et que Stan n'avait jamais pu explorer tant la végétation y était dense. Il continua jusqu'au point où le sentier traversait le lit du torrent qui avait façonné le ravin, des millénaires durant. Cela paraissait difficile à croire, tant le filet d'eau y était maintenant dérisoire. Ce torrent marquait peut-être la limite du terrain. Il n'en était pas sûr, il faudrait regarder les relevés cadastraux.

Quand Stan avait acheté la maison, les soixante hectares faisaient partie du lot. Soixante hectares de maquis et de ravins, répartis en parcelles disparates, certaines ne se jouxtant même pas. Le terrain n'était ni cultivable ni constructible, et ces soixante hectares ne valaient pas grand-chose. Sinon le prix de la tranquillité : ils étaient la garantie qu'aucun voisin ne viendrait respirer son air avant longtemps. Il y avait bien Ghislaine, mais Ghislaine était discrète. Derrière les grands chênes sa maison était invisible. Et le piétinement nonchalant de ses ânes n'avait rien d'une nuisance. Seule sa manie de tout débroussailler pouvait être un peu bruyante au printemps. Mais c'était un prix modeste à payer, pour tous les services qu'elle lui rendait.

Cela faisait une heure que Stan suivait le sentier bleu quand il trouva une cartouche vide. Il la ramassa et la fourra dans sa poche. Il regarda la piste qui se fondait dans le maquis et se demanda jusqu'où elle le mènerait. Il hésitait à continuer. Le soir tomberait dans moins de deux heures et il n'avait ni lampe, ni carte, ni eau. Il rebroussa chemin, remettant son exploration à plus tard.

Ghislaine était occupée à nettoyer son alambic. Comme à son habitude, la quinquagénaire portait trois couches de vêtements superposés, quand Stan se contentait de son éternel t-shirt de l'armée. Pourtant, elle bougeait sans arrêt. Entre le jardin, les ânes et les travaux de la maison, elle était toujours en train de bricoler quelque chose. Sans parler de sa promenade quotidienne, habitude prise des années auparavant pour compenser un poumon défaillant. Elle souffrait en effet, depuis l'adolescence, d'une maladie pulmonaire chronique qui l'avait amenée à quitter l'air vicié de la banlieue lyonnaise pour s'établir sur cette colline, loin des usines et des grands axes. L'exercice quotidien lui avait donné ce corps sec et vigoureux, et une endurance que Stan lui enviait. Sous l'éternel chapeau de paille, son visage émacié, d'une pâleur que la vie au grand air n'altérait pas, lui donnait un air austère de pasteur amish. Elle se coupait les cheveux elle-même à la tondeuse, par sens pratique plus que par mesure d'économie. Son fils Jamel travaillait pour la mairie de La Motte, où il occupait un petit appartement. Il entreposait toutes sortes de choses dans la cour de Ghislaine, débarquant un jour avec un échafaudage, l'autre avec un tas de gravier, un lot de fenêtres en alu ou une collection de radiateurs en fonte. La cour était encombrée de tant d'outils, de matériaux et de chutes que Stan y trouvait toujours ce dont il avait besoin. Et Ghislaine était toujours prête à lui rendre service. C'était dans sa nature. Quand Stan rencontrait un obstacle – que celui-ci soit lié à l'eau, aux parasites, au bois, aux intempéries, à la mécanique –, elle cherchait spontanément un moyen de le surmonter : le problème de Stan devenait son problème à elle. La résolution de problèmes était même devenue leur mode d'interaction privilégié, et le principal prétexte à leurs échanges. Ils ne s'invitaient pas à dîner, mais ils se consultaient sur les sujets les plus variés : le niveau de la source, le blaireau qui menaçait les chats, le chemin raviné par la pluie, la réparation d'une tronçonneuse. Stan aimait bien ces dialogues qu'ils avaient souvent debout, mains sur les hanches, considérant le problème qui se présentait alors à leur sagacité. Ce n'étaient pas des conversations à proprement parler, au sens de ce rituel par lequel les humains s'attachent à huiler, au moyen du langage, les rouages de la mécanique sociale, c'était une réflexion commune destinée à résoudre une question. Et la question, ce jour-là, concernait l'invention d'un chemin.

– Je peux entrer ?

Ghislaine ajusta ses lunettes et plissa les yeux pour percer le contrejour. Elle se détendit en reconnaissant Stanislas.

– Tu m'as fait peur ! Entre.

Il dut baisser la tête pour pénétrer dans l'atelier. Il y faisait sombre et une odeur puissante lui attaqua les sinus.

– C'est quoi cette odeur ?

– Je viens de faire de la liqueur d'hysope.

– De quoi ?

– L'hysope. C'est une plante sauvage, avec des fleurs violettes. Au-dessus de La Motte il y a une colline qui en est couverte.

– Et ça a quel goût ?

– C'est dégueulasse.

– Mais tu en fais quand même.

– Il paraît que ça guérit à peu près tout : les indigestions, les maux de tête, l'asthme, la grippe, les otites... Même la dépression, à ce qu'on dit. Je t'en mets une bouteille de côté ?

– Allez. On ne sait jamais.

Elle attrapa un rouleau d'étiquettes et un feutre. Il se racla la gorge.

– Dis-moi, tu as vu le sentier qui passe par l'aire de nourrissage et descend dans le ravin ?

S'ensuivit une de ces conversations topographiques qu'il avait parfois avec elle et qui reposait sur des notions tellement mouvantes qu'elles en devenaient ésotériques. C'est que Ghislaine utilisait des points de repère comme « le petit chemin qui monte », « l'arbre tout tordu qui ressemble à un serpent », « le champ que moi j'appelle les lavandes », ou encore « l'autre côté ».

– Un sentier tout neuf.

– Tout neuf ?

L'idée même paraissait incongrue.

– Marqué en bleu.

– Alors là... Mais je suis pas montée chez toi depuis l'automne dernier, pour les champignons. Et j'ai pas vu de sentier marqué en bleu. C'est bizarre. Tu devrais demander au maire.

Ça ne plaisait pas à Stan. Pas parce que c'était le maire, mais parce qu'il lui faudrait parler à quelqu'un. Ghislaine, ça allait. Mais pour le reste, Stan réduisait au strict minimum ses rapports avec les villageois. Il était poli, il était même serviable, mais depuis un an qu'il était là, personne n'avait pu l'entraîner sur le terrain de la cordialité, encore moins sur celui de la confidence. On le disait sympathique, mais « un peu sauvage ». Il est vrai que son arrivée suscitait pas mal d'interrogations. Il n'était pas marié, ne semblait pas travailler, n'avait pas le profil des néoruraux qui cherchaient à s'établir dans la région... On savait juste qu'il était venu là « pour être tranquille », ce qui était un peu maigre – mais permettait d'imaginer ce qu'on voulait.

Il revint au chalet. C'était une petite maison de mélèze brunie par le soleil. Une pièce en bas, une autre à l'étage.

L'énorme poêle qui trônait au rez-de-chaussée suffisait à chauffer toute la maison l'hiver et permettait, en prime, de cuisiner sans tirer sur la bouteille de propane qui alimentait la gazinière. Une table robuste était posée sur le parquet rutilant – Stan l'avait poncé et verni en prenant possession des lieux. Le mobilier provenait de vide-greniers, de foires et de dépôts sauvages. Deux chaises, un canapé de velours usé, une table basse bricolée à partir d'un volet trouvé sur le bord de la route complétaient le mobilier, ainsi qu'une armoire en Formica achetée 25 euros à un vieil homme en deuil.

Il s'installa sur la terrasse, face à l'est. C'est là qu'il prenait ses petits déjeuners à la belle saison. Chaque matin, à l'aurore, un oiseau frappait de son bec le tronc du pin qui recevait les premiers rayons du soleil. Stan avait fini par le voir, avec sa queue en damier. Il s'agissait d'un pic épeiche, et il cherchait toujours sa nourriture dans le même arbre.

Il repensa au sentier, se demandant pour quelle raison ces marques de peinture bleue le dérangeaient autant. Il ne trouva pas de raison, mais l'agacement persista. Il dîna d'une salade de tomates et d'un morceau de fromage en regardant l'air bleuir et le silence tomber.

Et il sut : ce que cette trouée dans la colline avait blessé, c'était sa solitude.

Cette solitude, il l'avait convoitée longtemps. Il avait pris l'habitude de se la figurer, d'imaginer avec un luxe de détails quelles formes elle pourrait prendre. C'est ainsi qu'il supportait la promiscuité des casernes et des camps de base. À l'époque, quand il ne trouvait pas le sommeil, il l'élaborait patiemment, la construisait en pensée, à la manière des cités virtuelles des jeux vidéo. Il imaginait d'abord le lieu : une forêt, une île, une montagne. Il s'y voyait libre de son temps, libre de ses gestes, libre de son apparence ; libre de ne pas parler, de laisser pousser sa barbe et ses cheveux, de gouverner lui-même le déroulement de ses journées. Il mangerait quand il aurait faim, se coucherait quand son corps serait fatigué, se lèverait avec la lumière du jour. Dans ces fantasmes, la solitude impliquait toujours la nature : le bruit du vent dans les arbres, celui de la pluie sur le toit, le silence criblé d'étoiles des nuits d'hiver...

Quand il avait vu le chalet, il avait vu tout cela et il n'avait pas hésité. Durant ses quinze ans de service, il avait mis de côté, systématiquement, au moins la moitié de sa solde. Comptabilité tristement raisonnable ou peur de l'avenir – toujours est-il que le jour où il était monté là pour la première fois, tout avait pris son sens.

Certes il y avait Ghislaine. Mais d'une certaine manière Ghislaine était la présence qui désarmait ce que la solitude peut avoir d'angoissant quand elle se prolonge au-delà de la retraite désirée, de la permission, des vacances, des beaux jours, quand nulle perspective de retour à la ville ne vient l'équilibrer, quand elle est non pas une parenthèse dans une vie trépidante, mais un état permanent.

Ainsi sur cette colline il avait trouvé non seulement la solitude, mais la solitude qu'il lui fallait, une solitude à sa mesure, comme on finit par trouver un outil à sa main, comme s'il avait été façonné par le corps de celui qui le possède. Une solitude que la position de la colline, dominant le village et la vallée, dominant même les nuages à l'occasion, rendait encore plus satisfaisante. Stan y retrouvait en partie son goût d'enfant pour les châteaux forts et les citadelles suspendues.

Mais pour l'heure, il allait devoir descendre.

2.

La mairie était ouverte le jeudi après-midi. Il décida que ce serait son jour de corvées. Il descendit au Super U pour le plein d'essence et de quoi alimenter la tronçonneuse. Il remplit son coffre d'assez de provisions pour tenir au moins trois semaines. Il prit aussi du tabac et des feuilles. Il se rendit ensuite aux Lignières, où vivait Raymond Pradal, un éleveur qui s'intéressait à son terrain, ou plutôt à la bergerie qui s'y trouvait. Stan ne faisait rien de ce tunnel d'élevage de mille mètres carrés, et Pradal voulait le lui louer entre la Toussaint et les premières neiges. L'herbe était maigre, mais le terrain était vaste et la bergerie idéalement située en cas de pluie, de neige ou d'attaque de loup. Stan lui laisserait la jouissance du terrain et du bâtiment à la fin de l'automne. Le loyer était modique mais paierait le matériel nécessaire aux réparations les plus urgentes : le chalet n'était pas tout neuf. Et puis les brebis allaient nettoyer les chemins et les prairies mieux que n'importe quelle débroussailleuse. Ce qui plaisait moins à Stan, c'était la présence d'un berger, qui occuperait une caravane sous le hangar, non loin du chalet.

Mais il ferait avec. Et puis les bergers n'ont pas la réputation d'être trop bavards. Avec un peu de chance, celui-là serait « un peu sauvage ».

La signature de la convention de pâturage prit des heures. Entre le petit théâtre de la négociation, les palabres de rigueur et le café réchauffé, ça n'en finissait plus. Mais Stan se rappelait les patrouilles dans les faubourgs ensablés de Gao, et il savait qu'il ne faut rien brusquer, que le temps n'est que ce que les hommes en font. Et le vieux Raymond Pradal avait tout son temps. À ses côtés, son gendre se contentait de hocher la tête de temps à autre.

Il s'agissait d'évaluer la valeur des pâturages en fonction de leur surface, de la qualité de l'herbe, de la présence de la bergerie. L'éleveur avait beau jeu de souligner la pauvreté du terrain, dont la plus grande partie était si pentue que le troupeau ne pourrait y stationner. Et puis il y avait plus de pierres que d'herbe. Stan le laissa parler. Il savait que le vieux avait besoin de la bergerie. Il savait surtout que son terrain était limitrophe de celui de Castagnary, qui louait déjà ses terres à l'éleveur. En louant le terrain de Stan, Raymond Pradal aurait à sa disposition une vaste surface d'un seul tenant, accessible à pied depuis sa ferme, et sur laquelle le troupeau pourrait évoluer à mesure de ce que les bêtes allaient manger, sans qu'il soit jamais nécessaire de leur monter du fourrage.

Stan avait cet atout en poche mais il n'avait pas besoin d'en parler parce qu'il savait que Pradal lui-même l'avait en tête, et qu'il n'avait sans doute pas d'alternative. Stan n'était donc pas inquiet de l'issue de la discussion. En réalité il pensait au sentier qu'on avait ouvert chez lui. Et à plusieurs reprises, il laissa le silence s'installer dans la conversation. Il n'avait pas entendu que Pradal avait dit un chiffre. Devant le silence de Stan, le vieil homme renchérit de lui-même. Stan s'éveilla de sa rêverie et dit : « D'accord. »

Avant de partir il demanda :

– Dites-moi, monsieur Pradal, vous chassez, vous ?

Le vieux rigola.

– La chasse, c'est pour ceux qu'ont le temps !

Le gendre hocha la tête.

Stan arriva à la mairie alors que l'édile, Claude Vialle, fermait la porte. Ils se saluèrent, courtois mais distants. Stan avait épuisé son quota d'urbanité, et Vialle était du genre réservé. On l'imaginait mal en campagne électorale. Mais peut-être avait-il été le seul candidat à l'élection. Il semblait dépassé par l'ampleur de la tâche et avait l'air de s'attendre à tout moment à ce qu'une tuile lui tombe dessus. Il faisait le moins de remous possible et certains villageois l'avaient compris. Peut-être même l'avaient-ils élu parce qu'ils savaient pouvoir bénéficier de sa bénévolence inquiète. Ainsi par exemple, il n'était pas très regardant sur les permis de construire. Et personne n'allait le lui reprocher.

Stan Kosinski ne savait pas par où commencer. Alors il négligea les préambules.

– Quelqu'un a ouvert un sentier chez moi. Je voulais savoir si vous êtes au courant.

– Non.

Le maire avait répondu trop vite. Il s'en mordait les lèvres, il ne savait pas pourquoi il avait dit non, mais maintenant c'était trop tard. Stan voyait bien qu'il avait menti, mais ce n'était pas une raison pour se dédire. Ce qui est fait est fait.

– Ah bon. Et vous ne voyez pas qui aurait pu faire ça ?

Il haussa les épaules :

– Des chasseurs, peut-être.

– Vous chassez, vous-même ?

– Très peu. Pas le temps.

– Qui chasse, ici ?

– Oh un peu tout le monde...

– Vous aussi, donc ?

– Un peu.

– Il y a une association, un club ?

– Oui, oui...

– Avec un président ?

– Oui, c'est obligé, ça fait partie des...

– Il s'appelle comment le président ?

L'édile hésita.

– C'est Casta.

– Guy Castagnary ?

Évidemment.

Stan prit congé, remonta dans son vieux Range Rover et se dit que ça s'annonçait pénible.

Claude Vialle devait se dire la même chose.

3.

Castagnary était une sorte de baron rustique et débraillé. Il possédait quasiment toute la colline jusqu'à la propriété de Stan Kosinski. Il collectionnait les motos, les bagnoles et les véhicules de chantier. Pelles mécaniques, tracteurs et bulldozers marquaient son territoire plus sûrement que des clôtures. Il entretenait les chemins pour la commune et faisait des terrassements dans toute la région. Il s'était creusé une piscine et avait redessiné une partie de la colline à coups de Caterpillar pour en faire un vaste camping. Outre les emplacements destinés aux caravanes, il avait élevé plusieurs maisonnettes de bois qui faisaient le bonheur des retraités hollandais en mal de nature, d'exotisme et de soleil. Deux gîtes complétaient le tableau, érigés sans permis mais ne désemplissant pas. Castagnary avait aussi des tilleuls, des châtaigniers, quelques abricotiers, et surtout un petit troupeau de Highlands qui, lorsqu'il surgissait dans les brumes matinales au détour du chemin, donnait aux prairies des airs préhistoriques. Et garantissait à son propriétaire un statut d'éleveur, lui donnant accès à quelque subvention de la lointaine Europe. Avec ses mains larges comme des pattes de dogue allemand, cet homme hirsute à la dégaine d'ours savait tout faire. Il reçut Stan dans la pièce qui servait de réception au camping. Au mur trônait le portrait grand format d'un american staff. Casta saisit le regard de Stan et se crut tenu de raconter, d'une drôle de voix douce qui chuintait et rebondissait sur les -in et les -an, la rencontre de son chien adoré et d'un perroquet égaré.

– C'était un genre de perruche. À mon avis elle était arrivée en contrebande et elle s'était évadée, allez savoir comment.

Stan Kosinski sentit que ça allait durer mais il avait décidé de se montrer courtois.

– Un jour mon chien est mort. Je vous passe les détails. Ça sait pas nager, ces chiens-là.

Stan respira calmement. Il sentait le moment où l'oiseau allait imiter le chien pour consoler l'homme qui l'avait recueilli.

– Pardon de vous interrompre, mais quelqu'un a ouvert un chemin chez moi. Vous êtes au courant ?

– D'un chemin, oui. Chez vous, je sais pas.

– Il commence à côté de l'aire de nourrissage. Marqué en bleu.

L'aire de nourrissage était une petite clairière clôturée qui comportait en son centre une sorte de bac de ciment auquel était scellé un épais anneau métallique. Il arrivait qu'une bête meure d'une chute, d'une maladie ou d'une attaque de loup. Dans ce cas, les éleveurs, après avoir photographié le lieu du crime (toute tête perdue par la faute du loup donnait droit à une indemnité), attachaient le corps à l'anneau d'acier pour que les rapaces les en débarrassent. D'abord des corbeaux, qui se contentent des yeux et de la langue (leur bec n'étant pas assez puissant pour transpercer la peau d'une bête) ; ensuite les vautours fauves, qui débarquent en bande et mangent la totalité de la viande en quelques minutes ; enfin les gypaètes, qui s'occupent des os. C'était moins cher que de faire venir un équarrisseur, dont le camion ferait des dizaines de kilomètres pour emporter la charogne jusqu'aux abattoirs de Sisteron, alors que les oiseaux feraient le travail gratuitement.

– Ah oui. Je savais pas que c'était chez vous.

– C'est vous qui avez ouvert ce chemin ?

– C'est moi oui. Enfin c'est nous.

– J'aurais aimé que vous me demandiez la permission avant d'entrer chez moi et de couper des arbres.

– On n'a pas coupé grand-chose.

– C'est une question de principe.

– On a toujours fait comme ça.

– Eh bien plus maintenant, si ça vous dérange pas.

– C'est un ancien chemin qu'on a rouvert. Il a toujours été plus ou moins là. Qu'est-ce que vous voulez que je vous dise.

Stan réfléchit.

– Je voudrais des excuses.

– Pardon ?

– Des excuses, et l'assurance que vous n'entrerez plus chez moi sans me demander.

Castagnary eu un sourire.

– Ah mais je ne fais pas ça, moi.

Il avait dit ça comme un commerçant disant qu'il ne vendait pas d'appâts, de papier de verre ou de câbles de freins.

– Vous ne faites pas quoi ?

– Des excuses.

Un temps.

– Bien. Je vous laisse réfléchir. En attendant, personne ne passe par chez moi. Si vous voulez chasser vers Montjay, vous ferez le grand tour. Et si vous avez quelque chose à me dire, vous savez où me trouver.

En partant, il crut entendre encore un incrédule : « Des excuses ? »

4.

Chaque matin, Stan se félicitait d'avoir trouvé cet endroit. Pour la première fois il pouvait se dire *chez lui*, et ce n'étaient pas que des mots. Il s'y sentait réellement chez lui. Il s'était si bien habitué au silence que le moindre bruit parasite le heurtait. Plus le temps passait, plus il lui était pénible de quitter sa colline. Le supermarché était une épreuve qu'il repoussait sans cesse, au point de réduire progressivement ses besoins au minimum. C'est pour cette raison qu'il avait commencé à cultiver le jardin à l'abandon qui se déployait en petites terrasses au-dessus de la maison, face à l'est. Ghislaine lui avait prêté son motoculteur. Mais la machine ne retournait que des cailloux. Certains portaient des empreintes d'animaux marins vieux de centaines de milliers d'années. Une époque à laquelle la colline était un haut-fond, voire une protubérance dérisoire au fond de l'océan originel. Il y faisait noir, il y faisait froid, et cependant des créatures vivantes y étaient nées, avaient cherché dans les ténèbres de quoi se nourrir, avaient parcouru ce territoire sans autre but que la survie. Et puis elles étaient mortes, sans autre raison que l'épuisement de leur système vital ou l'instinct de survie d'un prédateur. Une fois, les lames du motoculteur avaient brisé un fossile de plusieurs kilos. On y devinait le squelette d'un reptile considérable. Stan l'avait posé à l'entrée de son futur jardin, comme un totem ou un dieu lare. Puis il avait repris son labeur. Il avait ôté les pierres une à une, arraché à la pioche les racines et les tubercules durs comme du câble d'acier tressé. Il était allé chercher dans la bergerie des brouettes de fumier desséché qui faisaient comme des plaques de carton mélangé de paille. Il avait dressé un grillage tout autour du lopin : le jardin allait attirer toutes sortes d'indésirables.

Chaque matin, Stan trouvait autour de la maison quantité de déjections animales et il s'émerveillait de cette population à la fois si nombreuse et si secrète. Il se sentait entouré en permanence d'une présence invisible et multiple. Il lui arrivait de s'asseoir sur une pierre au soleil et de ne plus bouger pendant un moment. Souvent, après une quinzaine de minutes d'immobilité, il percevait derrière lui des bruissements de feuilles, des froissements d'ailes et les impacts répétés des pommes de pin que les écureuils et les oiseaux se disputaient. Il était plus rare qu'un grand mammifère s'approche. Les animaux et Stan partageaient le même espace mais ne se rencontraient pas. À chacun ses horaires. Si Stan avait le jour, la nuit appartenait aux animaux.

Stan restait rarement inactif. Quand il s'asseyait, une angoisse diffuse ne tardait pas à tisser autour de lui sa toile invisible. Il éprouvait sur cette colline ce qui se rapproche sans doute le plus du bonheur, et pourtant ce bonheur n'était pas sans mélange. Quelque chose planait alentour comme un brouillard sombre, qui l'empêchait d'être parfaitement serein. Alors il se remettait au travail. La succession des tâches à accomplir donnait une forme à son temps, un sens concret à la succession des jours. C'est ainsi que jour après jour, son jardin était devenu cet ensemble harmonieux, parfaitement entretenu, rationnel et vivant à la fois.

Ce jardin était plus qu'un moyen de subsistance. C'était sa première pensée du matin. Pas comme une tâche à accomplir, plutôt comme une visite, un rendez-vous. Il était à l'affût du changement le plus infime, du moindre signe de croissance ou d'altération. À elle seule, la contemplation de ses plants alignés le remplissait d'une satisfaction qui n'était pas loin de la sérénité. Les bourgeons du jour le comblaient d'une joie enfantine. Il ne se lassait pas du jeu de cache-cache que les fleurs de courgette jouaient avec le soleil. Une expérience réussie le remplissait de fierté. Et plus qu'aucune tâche, l'arrosage le plongeait dans un calme dont rien – ni pensée, ni besoin, ni regret – ne pouvait troubler la profondeur. Il était présent, simplement présent.

Les jours suivants, Stan ne resta pas inactif. Il bricola un système de récupération d'eau pour irriguer le jardin. Il ne pleuvait pas souvent : la plupart du temps les nuages restaient coincés dans la vallée, en contrebas. Mais quand il pleuvait, ça pouvait durer des jours. Alors si la citerne d'eau de pluie pouvait compléter l'apport irrégulier de la source, ça valait la peine.

Cela lui prit moins de temps que prévu, et il dut se résoudre à reprendre un chantier qu'il avait délaissé. Les anciens propriétaires – de petits éleveurs de brebis – avaient prolongé la terrasse côté nord, utilisant pour cela de banales planches de pin qui avaient rapidement pourri sous l'effet de la pluie. Stan avait failli se casser une jambe en passant au travers. Il avait alors acheté d'épaisses voliges de mélèze qu'il avait découpées et traitées. Mais en arrachant les planches pourries pour les remplacer par les neuves, il avait découvert que la structure même était endommagée, et qu'il lui faudrait remplacer les solives qui soutenaient la terrasse à cet endroit.

Il se glissa sous le vide sanitaire et rampa entre les toiles d'araignées jusqu'à la poutre pourrie. Il prit les mesures et fit ses calculs. Il dut s'y reprendre à plusieurs fois. Impossible de se concentrer. Il relevait la tête régulièrement, scrutant le haut du chemin comme s'il s'attendait à y voir apparaître quelqu'un. Mais si quelqu'un devait venir – et c'était rare –, il viendrait en voiture ou en quad, et on entendrait le moteur de loin. Chaque jour vers onze heures, Stan devinait la voiture du facteur trois bonnes minutes avant qu'elle arrive à la boîte aux lettres. Ou alors les chasseurs se gareraient plus loin, et poursuivraient à pied. Mais dans ce cas, il entendrait leurs chiens.

Stan s'en voulait. Il aurait voulu ignorer l'intrusion des chasseurs et l'insolence de Castagnary. Après tout il n'y avait là rien de dramatique. Les collines se partagent, et les seules clôtures admises y sont celles qui empêchent les troupeaux de divaguer. Pourtant, ces taches bleues étaient comme un caillou dans sa chaussure. Un caillou minuscule, mais qui se rappelait à lui à chaque pas. En allant trouver Casta, il était prêt à passer l'éponge, mais l'arrogance de son voisin l'avait refroidi. Et le caillou ne se laissait pas oublier. Stan mesurait maintenant à quel point il avait été serein jusqu'alors. Il avait trouvé, dans le travail quotidien, de quoi apaiser son anxiété. Il faisait toujours des cauchemars et le passé lui pesait comme un cheval malade dans un attelage. Mais il se souciait beaucoup moins de l'avenir, de la perspective de la mort, et du besoin de donner un sens quelconque à tout ça.

Dans le secteur de Gao, où un désert sans fin prend le fleuve Niger en tenaille, le spectacle quotidien des villageois le plongeait dans la perplexité. Il les regardait et il lui semblait que toutes leurs activités étaient uniquement tournées vers la survie. Aller chercher de l'eau, battre le mil, récolter les légumes, garder les troupeaux, entretenir la maison, préparer les repas... À les observer, il s'interrogeait pour la première fois sur le sens de la vie. Il ne s'était jamais posé la question avant. Dans l'enfance, il y avait toujours une promesse, au moins un « après » que les adultes lui représentaient, et qui prenait souvent la forme d'un troc : donnant-donnant. Tu dois travailler à l'école pour avoir un bon métier plus tard ; porter cet appareil dentaire pour devenir un beau garçon ; cesser de dépouiller les braves gens, car la prochaine fois que tu lacères le visage d'un honnête citoyen avec la carte bleue que tu viens de lui voler, tu iras en prison.

Et puis il y avait eu l'armée. Sa façon à lui de se protéger. D'arrêter les conneries. De « trouver un cadre », avait dit la psychologue. Pour être cadré, il avait été cadré. Étrangement, il n'avait pas souffert de la discipline et de la rigueur des entraînements. La discipline l'avait délivré de l'enfer du libre arbitre. Un ordre, aussi absurde soit-il (et ils l'étaient souvent), ça s'exécute. Pour la première fois, Stan n'avait pas à réfléchir avant d'agir. Il agissait parce que d'autres avaient réfléchi. Il ne se posait pas de questions. Il ne doutait pas. Il n'hésitait plus. Il ne pesait pas le pour et le contre. Il était devenu un outil. Et la fatigue faisait le reste.

Pourtant il avait toujours au fond de lui ce morceau de nuit, comme une pierre de lave dans les entrailles, tantôt discrète, tantôt lourde comme une ancre, et qui l'empêchait d'atteindre à ce que d'autres appelaient le bonheur – un mot qu'il n'avait jamais compris. Certains soirs, cette pierre sombre pesait sur sa poitrine au point de l'empêcher de respirer. Ces soirs-là il pouvait vider à lui seul une bouteille de whisky ou jouer avec son arme pendant des heures. C'est pourquoi il avait tenu à l'écart ces deux compagnons funestes, leur interdisant l'entrée du chalet. La bouteille était cachée dans le tronc d'un arbre creux qui n'était accessible qu'au prix d'une ascension pénible, sur les hauteurs du terrain. Il n'avait pu se résoudre à vider son contenu dans l'évier. Mais au moins, l'effort que demanderait le moindre verre d'alcool éloignait la tentation. La cuite impulsive était peu probable. La bouteille était là, « en cas d'extrême urgence ». En tout cas il ne tomberait pas dans cet alcoolisme à combustion lente qu'il avait vu diminuer certains copains. L'arme, quant à elle, était plus loin. Il l'avait enveloppée dans un vieux rideau, puis dans un sac étanche, et planquée sous l'énorme dalle qui protégeait la réserve d'eau, à cinq bonnes minutes du chalet en montant la colline. Les munitions, en revanche, étaient rangées dans son garde-manger, tout au fond de l'étagère du haut.

Il sentit qu'il devait s'occuper les mains. Alors il remplit le réservoir de la tronçonneuse.

Il parcourut le terrain en cercles concentriques autour de la maison, à la recherche d'un chêne mort dont il pourrait faire un peu de bois pour l'hiver. Mais les rares chênes étaient en parfaite santé. À peine une branche morte çà et là. La surface était envahie par les douglas et les pins noirs. Ils poussaient partout. Des rejets menaçaient même d'envahir le chemin et, par endroits, de trouer la bâche de plastique noir du tunnel d'élevage. Stan n'aimait pas le douglas, cette essence importée d'Amérique pour reboiser le Jura, et qui s'était répandue sur tout le territoire à une vitesse folle. Le douglas et le pin noir brûlaient trop vite et leur sève encrassait le poêle et la cheminée. Non, il lui fallait du chêne ou du hêtre, des bûches qui puissent durer toute la nuit. Il n'aimait pas se relever à trois heures du matin dans la maison glacée pour relancer le feu.

Mais pour l'heure, il était distrait. Il guettait à nouveau le moindre bruit sur le chemin. Puis il s'agaça d'être distrait. Au fond il savait que personne ne viendrait. Surtout pas Castagnary. Il avait sous les yeux l'un des jeunes chênes dont l'écorce avait été maquillée de bleu.

Il ne réfléchit pas.

Il coupa le tronc sous le trait bleu et balança les branchages dans la pente. Un peu plus bas, il gratta l'écorce d'un sapin pour en ôter la peinture. Et fit éclater la pierre qui, dix mètres plus loin, signalait le sentier. La main endolorie, il s'assit une minute dans le soleil. Réfléchit. Puis redescendit à la maison. Il y avait dans son atelier un reste de peinture bleue.

C'était puéril, il le savait. Tarzan l'avait suivi, et dans les yeux de Tarzan il se voyait puéril. Tarzan était un marcassin qu'il avait retrouvé un jour prisonnier de l'aire de nourrissage. Il avait dû se faufiler sous le grillage et ne trouvait plus la sortie. Stanislas lui avait ouvert la grille, mais le jeune sanglier ne voulait rien entendre. Le lendemain il était toujours là, et Stan lui apporta du lait, du pain dur et des épluchures. Il ne savait pas trop ce que mangeaient les sangliers, mais celui-là eut l'air d'apprécier. Il ne semblait pas effrayé. Sa mère ne vint jamais le chercher. Peut-être avait-elle été tuée. Stan revint tous les jours avec de la nourriture, et il le baptisa Tarzan parce que c'est la première idée qui lui vint. Tarzan finit par sortir de son enclos et prit l'habitude de traîner autour de la maison. Parfois il disparaissait toute une journée et toute une nuit, puis Stanislas sursautait en l'entendant débouler derrière lui.

Il avait demandé à Ghislaine s'il y avait, selon elle, un moyen de le dresser.

– Je sais pas si c'est une bonne idée.

– Pourquoi ?

– C'est un animal sauvage. Il est pas fait pour vivre avec les humains.

– Ça n'a pas l'air de lui déplaire.

– Évidemment, il a de quoi bouffer sans bouger une oreille... Mais il faut qu'il apprenne à se débrouiller tout seul.

– Mais s'il n'a pas de parents...

Ça sonnait bizarre.

– … ou de frères et sœurs…

Ça sonnait encore plus bizarre. Ghislaine répliqua :

– Et tu crois qu'il va se faire des potes en se trimballant dans les bois avec ton odeur d'humain sur le dos ?

– Je sens si mauvais que ça ?

– On s'y fait. C'est même un problème : en s'habituant à toi il va s'habituer aux hommes et il ne va plus se méfier. Avec tous les chasseurs qui se baladent par ici…

Il n'avait pas pensé à ça.

Il cessa de nourrir Tarzan, affectant même une indifférence qui le peinait sans doute plus qu'elle ne peinait l'animal. Ce dernier persista pourtant à le visiter régulièrement. Il apparaissait dans un froissement de feuilles et se postait à quelques mètres. Il regardait Stan et Stan ne disait rien, s'interdisant même de le regarder. Au bout d'un moment il entendait son trot lourd et sa respiration saccadée s'éloigner : Tarzan regagnait son monde à lui, calligraphiant les sous-bois de figures mystérieuses et connues de lui seul.

Pour l'heure Tarzan était là, comme une sentinelle, tandis que Stan modifiait le tracé du chemin sur une centaine de mètres. Il s'assit sur les aiguilles de pin, contemplant son ouvrage tandis que le sanglier fouillait le sol en quête de vers ou de champignons. L'animal s'immobilisa, les oreilles dressées : le son d'un moteur résonnait sur la paroi rocheuse. Un véhicule gravissait lentement la route en contrebas.

5.

Stan laissa son pot de peinture au pied d'un genêt et s'approcha du chemin. Par réflexe, il se retira derrière un pin en entendant les pneus écraser le gravier. Il s'attendait à voir surgir un Land Rover rempli de chasseurs en gilet orange, mais c'est un vieux C15 qui apparut, traînant une minuscule caravane couverte de crasse et de mousse. L'attelage bringuebala jusqu'au hangar qui inclinait son toit à trente mètres au nord du chalet. Stan le rejoignit alors que Raymond Pradal s'extrayait péniblement du C15. Son gendre était déjà en train de détacher la caravane. Stan lui donna un coup de main pour installer le véhicule sous le hangar. Il serait à l'abri de la pluie, ce qui n'était pas du luxe vu son état. Le berger allait se geler les miches dans ce réduit.

– C'est une bergère. Mathilde, elle s'appelle.

– Mais il y a un chauffage dans votre machin ?

– On va y mettre un soufflant, ça fera l'affaire. Vous savez ces gens-là ils sont rudes, ils font pas ce boulot pour le confort.

– Ça vaut mieux, concéda Stan en raccordant la caravane à l'électricité.

Il leur proposa un café qu'ils refusèrent : pas le temps. Ils avaient des brebis malades. Les pieds, une fois de plus. Il fallait les soigner avant de les faire monter.

– Et vous pensez monter quand ?

– La bergère arrive dans deux jours, on montera le lendemain.

– Vous avez déjà travaillé avec elle ?

– Non. Mais elle a plutôt bonne réputation.

Stan hocha la tête, pensif.

– Il y a beaucoup de feignasses et de drogués maintenant, chez les bergers.

– Ah bon.

Un temps.

– Et ça ne vous dérange pas de laisser vos bêtes à quelqu'un que vous ne connaissez pas ?

– On n'a pas toujours le choix.

Le gendre abonda.

– On préférerait les garder nous-mêmes mais on n'a pas le temps.

– Et puis comme je vous dis elle a bonne réputation. Elle a travaillé pour un collègue à nous sur Digne, par là-bas. Il en était content.

– Pourquoi elle continue pas chez lui ?

Stan faisait la conversation. Il était conscient de répondre ainsi à une forme d'exigence sociale, mais ça ne lui était pas désagréable. Il était bien là, debout dans le soleil tiède, engagé dans des palabres lents dont nul ne songeait à accélérer le tempo, et dont chacun avait la liberté de s'extraire à tout moment d'un « bon ! C'est pas tout ça » qui se passerait d'explications.

– Elle a la bougeotte. Il y a des gens comme ça.

– Elle a pas trouvé à s'installer.

– Ou elle a pas envie.

Stanislas regarda le gendre et crut déceler une certaine nostalgie dans sa voix, comme s'il enviait à la bergère cette liberté à laquelle lui-même avait renoncé en épousant la fille de Pradal, liant ainsi son destin à celui du patriarche et de son exploitation.

– Bon, c'est pas tout ça !

– Allez.

Stan vérifia avec le gendre l'arrivée d'eau de la bergerie, l'assura qu'il couperait les ronces qui rampaient déjà autour du bâtiment, puis prit congé des deux hommes.

Le C15 se dandina jusqu'en haut du chemin et disparut au tournant. Le silence revint, enveloppant et doux comme une peau de chamois. Stan passa le reste de la journée à débroussailler les abords de la bergerie. Côté est, les genêts poussaient à une vitesse folle, interdisant l'accès à l'arrière du bâtiment. Certains mesuraient plus de quatre mètres et des ronces épaisses s'y étaient lovées comme des guirlandes hérissées de piquants. Après un quart d'heure de travail, Stan avait les bras et le front striés de rouge. Côté ouest, pas de ronces, mais un nombre insensé de rejets de pins bordaient la paroi du tunnel. Heureusement leur bois était tendre, et Stan en vint à bout en utilisant tour à tour la cisaille et la scie. Ses mains lui faisaient mal et ses épaules s'étaient tendues sous l'action répétée de la cisaille.

Mais le soleil était encore haut et Stan voulait en profiter pour prélever sur le sol de la bergerie un stock de fumier qui datait d'avant son arrivée et dont il espérait enrichir un nouveau lopin de terre pour y planter des haricots. Chaque coup de fourche soulevait un nuage de poussière, mélange de fumier sec et de paille réduite en poussière par le piétinement des bêtes. Il fit des dizaines d'allers-retours entre la bergerie et le jardin, poussant la brouette dans la pente du chemin jusqu'à en avoir les biceps engourdis et le dos dur et noueux comme un rondin de hêtre.

Il s'arrêta pour regarder le soleil descendre du côté de l'aire de nourrissage. Ses muscles se refroidirent rapidement, la torpeur le gagna et il n'eut pas la force de reprendre le travail. Tarzan le rejoignit un moment. Il avait l'air de se demander ce que l'homme regardait.

Stan prit une douche pour se débarrasser de la poussière que la sueur avait collée à sa peau et à ses cheveux. Il resta longtemps sous le jet d'eau chaude dans l'espoir de détendre les muscles de son dos. Mais ça ne suffit pas.

Il enfila des vêtements propres, se servit un verre de vin et se roula un joint. Plantée en avril entre la lavande et le romarin, l'Early Skunk s'était développée de façon spectaculaire. Il faut dire que le jardin aromatique était ensoleillé du matin au soir.

Il choisit un disque au hasard dans la pile qu'il avait achetée au vide-greniers de La Motte, avec le vieux tourne-disque. Le vinyle craqua sous l'aiguille et les deux haut-parleurs massifs à la membrane distendue crachèrent quelques notes de contrebasse tandis qu'il se calait dans le canapé dont le velours usé sentait le chien. Une cymbale. Puis un piano. Puis un saxophone. Il n'avait jamais entendu ce genre de musique. Il y avait là quelque chose d'espagnol et de dingue en même temps. Une sorte de transe. Une flûte arrivait d'on ne sait quelle région animale et primitive, s'enroulant comme un serpent autour du rythme dont le piano montait la garde tandis que la batterie injectait une trépidation nerveuse à l'ensemble. Ça lui fit l'effet d'un café très fort. Une trompette remplaça la flûte. Stan fut déçu. Ça le fit redescendre, ça lui rappela une fanfare qu'il ne voulait pas se rappeler. Il prit une grande bouffée et la fumée pénétra sa bouche et son nez. Il visualisa clairement les volutes emplissant ses cloisons nasales jusqu'à sa boîte crânienne, et la musique se calma. Le piano battait toujours son rythme intranquille, sur deux accords qui pourtant ne lassaient pas, deux accords qui enivraient – puis s'essaya à des sortes de trilles, comment s'appelaient ces choses, les doigts du pianiste, du moins ceux de sa main droite, se baladaient nerveusement sur le clavier, tandis que la main gauche ressassait encore et toujours ces deux accords qu'un seul demiton séparait. La batterie percevait la moindre inflexion dans l'intensité du piano, et l'accompagnait si bien qu'on ne savait lequel des deux suivait l'autre. Le morceau semblait tirer à sa fin – et c'est là que Stan perçut non pas une contrebasse, mais deux. C'était ça, il y avait *deux* contrebasses ! L'une martelait le rythme en *pizzicato* tandis que l'autre – et il mit longtemps à comprendre que c'était une basse – était jouée à l'archet. Des notes aiguës comme des larsen. Des aiguillons de folie dans une hystérie d'ordre. Puis l'archet frotta les cordes les plus graves dans une parodie de flamenco. Les deux contrebasses jouaient ensemble comme deux chiots. Impossible de dire comment cela pouvait finir. Stan avait l'impression d'évoluer à l'intérieur du morceau depuis une bonne heure comme au sein d'une jungle mouvante. Et les contrebasses continuaient, toutes deux à l'archet désormais, sans aucun souci de la note juste. Ça déraillait, ça débordait, ça se frottait comme deux carcasses de bagnole. Et puis le saxophone revint. Ou un autre. Plus aigu. Un ténor ? Comment ça s'appelait ? Un alto ? Presque une clarinette, mais en plus mâle. Il eut l'image d'un lion se levant lentement, impérial et fatigué. Puis plus du tout fatigué. Excédé, à bout, enragé, un lion-serpent qui se démultipliait en trémolos dans les branches du *Livre de la jungle*. Car des images du film de Disney montaient à présent à la surface, mais dans une version dangereuse. Une version où Mowgli pouvait vraiment se faire dévorer, souffrir, mourir dans la terreur infinie de la mort et de la douleur et du néant et de la putréfaction des plantes. Et puis ça se calma. Mais Stan ne voulait pas que ça finisse. Et ça ne finissait pas. Comme si la musique obéissait à ses désirs. Ça se prolongeait, ça gémissait, ça ne voulait pas mourir et c'était beau.

Il n'eut pas la force de se faire à manger et s'endormit dans le canapé.

Quand il se réveilla, le silence le surprit. Tout son corps lui faisait mal et il pleuvait. Il prit un Doliprane et fit couler un litre de café qu'il but en écoutant la pluie tomber. Le ruissellement de l'eau dans la gouttière et la percussion douce de l'averse sur le toit prolongeaient sa léthargie. La lumière blanchâtre qui franchissait à peine les fenêtres était décourageante. Le dôme de Villedieu était invisible. Comme si la colline avait disparu pendant la nuit. Au prix d'un grand effort, il se leva, enfila un K-Way et sortit. Au-delà du pin du pic épeiche, celui qui d'habitude s'allumait comme un cierge aux premiers rayons du soleil, les arbres s'effaçaient dans le gris. Le pic, lui, était bien là, frappant le tronc de son bec imperturbable. Stan alla inspecter son système de récupération d'eau. La citerne qu'il avait installée sous la gouttière du hangar était déjà pleine. Il faudrait peut-être en installer une deuxième.

Un son lointain mais précis de gamelan le tira de sa réflexion. C'étaient des sonnailles : le troupeau gravissait la route. Une heure plus tard, les brebis étaient à l'abri dans la bergerie et Pradal lui présentait Mathilde.

Stan fut surpris. Il n'avait pas pensé à demander son âge à Pradal et s'était imaginé une femme de quarante à cinquante ans. Elle en avait à peine trente.

Elle ne lui tendit pas la main. Il hocha la tête en guise de salut, affectant une certaine distance : la bergère allait camper ici pendant des semaines, et il avait l'intention de limiter leurs rapports au strict minimum. Pas question qu'elle envahisse son espace mental.

Elle portait des chaussures de marche, un K-Way rouge et un pantalon de randonnée boueux. Un peu à l'écart, un imposant patou semblait veiller sur elle tandis qu'un jeune border collie courait en tous sens en agitant la queue et venait régulièrement se frotter à ses jambes.

– Tu n'as pas de bottes ? demanda Pradal.

– Elles sont dans mon fourgon.

– J'ai amené du fourrage pour trois ou quatre semaines. On fera le point à ce moment-là s'il t'en faut plus.

– OK.

– Tu surveilles bien leurs pieds. L'an dernier la moitié du troupeau a été malade, on n'a pas arrêté.

Elle le rassura. Elle semblait avoir un grand respect pour le vieil homme. Stan nota qu'elle se tournait de profil quand on s'adressait à elle. Le reste du temps, elle se retournait fréquemment vers ses chiens, ce qui donnait l'impression qu'elle aurait autant aimé qu'on la laisse tranquille maintenant qu'on avait fait le tour de la question.

Stan l'observait. Sous le bronzage, les traits étaient fins et le regard franc, quoique d'une franchise un peu méfiante. Le regard du berger qu'on croise en montagne et qui vous regarde arriver de loin, se demandant d'abord s'il vous connaît, puis qui vous êtes, ce que vous faites là, si vous savez vous comporter avec un troupeau, si vous connaissez les chiens. Un regard finalement similaire à celui que portait Stan sur n'importe quelle silhouette humaine s'approchant du camp : ami ou ennemi ?

Avant de prendre congé, Pradal lui montra la caravane. L'endroit puait la clope, le chou rance et le poil mouillé ; des moisissures noires constellaient les parois. Stan guetta la réaction de Mathilde mais elle ne laissa rien paraître. Il lui montra le robinet d'eau froide qui serait son seul point d'eau et eut un peu honte du confort relatif de son chalet.

Il ne lui proposa pas de partager son dîner. De toute façon il n'était d'humeur ni à faire la conversation ni à cuisiner.

À la tombée de la nuit, il jeta un œil du côté de la caravane. Il vit Mathilde sortir une guitare et s'essayer à la slide avec une bouteille de 1664 tandis qu'un ragoût semblait mijoter sur le réchaud à gaz. Il haussa les sourcils et s'ouvrit une boîte de sardines, en se disant que la bergère mangeait sans doute mieux que lui.

En regardant ainsi la jeune femme à la dérobée, il ne savait plus si cette présence l'importunait, si elle rendait sa solitude moins entière, ou si au contraire elle révélait par contraste combien il était seul.

La solitude est une chose étrange. Il la chérissait chaque matin, quand il rendait visite à son jardin comme on va voir son cheval à l'écurie, quand il prenait son café sur la terrasse dans le soleil levant, quand il pissait face à l'ubac en se disant que cette colline n'avait certainement pas changé depuis les temps préhistoriques... Quand il travaillait dehors, et qu'il s'arrêtait un moment pour reposer ses muscles, il aimait la sentir l'entourer comme un souffle. Quand il se baladait à poil sans souci d'être vu, il sentait à quel point il était libre, et c'est à la solitude qu'il devait cette liberté.

Et pourtant, par moments, cette solitude l'étreignait. Ainsi quand il éteignait pour dormir et que les larves des capricornes se mettaient à bruisser dans la poutre près de son oreille. Ghislaine appelait ça les « clochettes de la mort ». De fait, les mandibules des xylophages produisaient un cliquetis qui pouvait rappeler le tic-tac d'une horloge. Une nuit, il avait sorti son couteau et l'avait planté tout le long de la poutre pour localiser les galeries. La lame avait fini par s'enfoncer dans le bois pourri. Il avait continué comme un forcené, mettant au jour un mètre entier de galeries pleines de la sciure produite par les insectes. Il n'avait pas trouvé une seule larve. Quelques minutes après, le bruit avait repris.

Certains soirs, la solitude projetait sur lui une ombre écrasante et pesait sur ses épaules comme un manteau trop lourd. Il sentait alors son crâne se contracter comme si mille racines emmêlées se nouaient sous son cuir chevelu. Ça arrivait souvent à la nuit tombée, quand la nature alentour disparaissait, son univers se réduisant soudain à l'espace qui entourait la lampe. Il se sentait alors encerclé par la nuit, vulnérable et aveugle, point de mire de mille regards secrets. Tout son corps conservait le souvenir de cette nuit de veille dans le désert où il avait eu l'imprudence d'allumer une cigarette. Une pluie de balles s'était alors abattue sur lui, et c'était un miracle qu'aucune ne l'ait touché. Chaque soir il repensait à ce moment où la lumière fait du guetteur une cible. Depuis il avait toujours préféré le silence et l'immobilité de celui qui guette au mouvement de celui qui traque. Mais ce qu'il éprouvait durant ces nuits sur la colline, c'était encore autre chose : parfois, ce silence qu'il chérissait devenait menaçant. Pourtant, dans ces moments, il était rare qu'il allume la radio. Créer du bruit pour briser le silence ne lui était d'aucune aide. Le plus souvent, la musique lui donnait le même sentiment de vulnérabilité que la lumière de la lampe : elle l'empêchait d'écouter le silence ; elle l'aurait empêché, par exemple, d'entendre le moteur d'une voiture à l'approche, ou toute autre forme de menace. Car même s'il ne se le formulait pas, il en était venu à considérer comme une menace tout élément extérieur. L'inquiétude était devenue l'essence même de son rapport au monde.

Alors il demeurait dans le silence et il ne pensait à rien d'autre. Il observait sans bouger la bête qui vivait en lui. Aussi loin qu'il se souvienne, bien avant Nedjma, et même avant la mort de sa mère, le silence et la nuit révélaient l'existence de quelque chose de sombre qui semblait respirer en lui. Comme une bête tapie dans l'ombre d'une caverne pour hiberner, ou un serpent dans sa tanière. C'était une tristesse profonde et insondable, qui pouvait le laisser en paix pendant plusieurs jours, et soudain lui serrer la gorge à la faveur d'une nuit sans lune et sans étoiles. Avec le temps, il s'était habitué à cette présence. Il savait qu'elle était là. Il vivait avec. Elle faisait partie de lui et il savait qu'elle serait toujours là, qu'il serait vain de vouloir se débarrasser d'elle. Elle ne l'empêchait ni de vivre ni de travailler, mais il sentait qu'elle attendait son heure. Il se sentait comme l'habitant d'un îlot qui, vivant dans la proximité de l'océan, surveillerait chaque jour les marées et les vents, sans pouvoir se défaire de l'idée qu'une vague immense pouvait un jour emporter sa maison et sa vie. Et qu'alors il n'y aurait rien à faire.

Il s'endormit tard cette nuit-là. Quand il se leva, Mathilde montait déjà à la bergerie. Peu après, elle disparaissait avec le troupeau sous une pluie légère, en quête de nourriture pour la journée.

Chaque jour elle se levait à l'aube, emmenait les brebis vers de nouveaux pâturages, et rentrait au coucher du soleil.

Finalement, cette fille ne le dérangeait pas beaucoup.

6.

Il pleuvait maintenant depuis plusieurs jours. La partie la plus inclinée du chemin s'était creusée de ravines. La pluie battante faisait couler la boue, entraînant vers le bas les pierres les plus légères. L'eau ruisselait en permanence dans les ornières, et Stan dut sortir à deux reprises pour curer les rigoles bouchées par le gravier, la terre et les pommes de pin. Sous son poncho, Mathilde piétinait dans la boue derrière les brebis détrempées. Il faisait nuit quand elle refermait la bergerie pour regagner la caravane.

Il était bien trop tôt dans l'année pour remettre le poêle en service. D'habitude, Stan allumait son premier feu vers la fin du mois d'octobre. Un feu qui ne s'éteignait qu'avec le printemps. Il maîtrisait assez le poêle, désormais, pour qu'un tapis de braises chauffe en permanence la structure de fonte. Le soir, il coupait les arrivées d'air et laissait un billot massif se consumer lentement tout au long de la nuit. Le matin, il lui suffisait de poser une nouvelle bûche sur ce qui restait de braises, de rouvrir la trappe, et le feu repartait.

Il frissonna dans l'air humide en pensant à la chaleur du feu de bois, et il se dit qu'après tout il était libre, que personne n'était là pour le juger, et il entassa du petit bois dans le poêle, ouvrit la trappe et frotta une allumette. Une heure plus tard, un feu bienfaisant dansait derrière la vitre épaisse, répandant sa chaleur dans un cercle de plus en plus large autour du poêle. Stan avait posé sa chaise dans ce cercle et rêvassait, alangui par la chaleur, aimanté par les flammes.

Sentant tomber le jour il se tourna vers la fenêtre. Il vit Mathilde accrocher ses vêtements au séchoir noirci qui pendait à l'arrière de la caravane, et il se dit que ça ne sécherait jamais. Il eut honte de la chaleur que le poêle répandait dans toute la maison. Il hésita, puis sortit.

– Vous voulez prendre une douche chaude et sécher vos vêtements ?

Elle se tourna curieusement vers la gauche sans cesser de le regarder.

– Comment ?

– Est-ce que vous voulez sécher vos vêtements à l'intérieur ? Et prendre une douche. Éventuellement.

– Pardon, je suis un peu sourde. D'une oreille.

– C'est pas grave.

– Non.

Il se sentit bête et reprit aussitôt :

– J'ai fait un feu.

Elle hésita.

– Je veux bien.

Elle avait l'air épuisé.

– Je vais préparer un truc à manger.

Elle n'entendit pas.

Elle ôta ses croquenots avant d'entrer et regarda autour d'elle. Il fut soudain gêné. Il ne s'y attendait pas. D'ordinaire sa maison lui paraissait confortable, mais en voyant Mathilde parcourir la pièce du regard, il se dit qu'il y avait encore beaucoup à faire.

– Mettez vos affaires devant le feu.

Il passa un coup d'éponge dans la baignoire avant de lui céder la place.

– Ça ne ferme pas à clé ?

– Ah non.

Il ajouta, sans savoir pourquoi :

– Désolé.

Elle tira la porte coulissante et il entendit bientôt l'eau couler.

Elle ressortit dans une odeur de savon, les cheveux mouillés, détendue. Elle portait un jogging informe. Il lui tendit une bière.

– J'espère que vous aimez les patates.

– Euh oui.

– Vous voulez des sardines avec ?

– Vous embêtez pas pour moi.

– Ça m'embête pas, j'en ai plein.

– De quoi ?

– Des sardines.

– OK.

Ils s'attablèrent. Il y eut un silence trop long. Stan n'avait pas l'habitude de la conversation. Il se lança.

– Vous faites ce boulot depuis longtemps ?

– Vous voulez pas qu'on se tutoie ?

– D'accord.

Elle se tut. Ça lui convenait mais il se dit qu'il fallait faire un effort.

– Il y a longtemps que vous êtes euh... bergère ?

Le mot lui paraissait anachronique, il évoquait de vieilles histoires avec des ramoneurs.

– Depuis cinq ans. Avant j'ai été aide-berger deux ans.

– Ah.

Il ne savait plus quoi dire.

– Ça vous est venu comment, cette idée, je veux dire tu…

– Quelle idée ?

– Devenir bergère.

– Je faisais des études de lettres et puis ça touchait à sa fin, il fallait que je pense à trouver un boulot, et plus ça allait moins je me voyais prof. Et puis j'en avais marre de la ville. Je connaissais un gars qui vendait son fromage au marché de Valence, alors je l'ai suivi…

– C'était un petit ami ?

Elle ne releva pas. Il se sentit con. Il voulait juste la relancer, ça le soulageait qu'elle parle, il n'avait qu'à écouter. Il pensa à hocher la tête de temps en temps, comme le gendre de Pradal.

– Ça m'a plu, alors j'ai décidé de passer le diplôme d'aide-berger. Et puis de fil en aiguille, me voilà. En gros.

Elle avait déjà fini son assiette. Il la resservit.

– Et toi ?

– Moi ?

– Toi, c'est quoi ton histoire ?

– Ah. Moi j'étais militaire.

– Quoi ?

– Militaire.

– Ah.

Elle s'était sensiblement refroidie.

– Quel genre de militaire ?

– J'étais dans l'infanterie de marine.

– Sur des bateaux ?

– Pas trop, non. Plutôt le désert.

– Ça devait être chiant.

– C'est pas le mot que j'aurais employé.

– Pardon.

Il haussa les épaules.

– Tu veux une autre bière ?

– Non, je me lève tôt. Il faut que j'y aille.
– Déjà ?
– Merci pour la douche.
– Quand tu veux.

Elle remit ses godasses sans les lacer.

– La prochaine fois c'est moi qui ferai à manger.

Il sentit qu'elle disait ça comme ça. Ou alors elle voulait dire que c'était vraiment dégueulasse.

– Bonne nuit alors.
– Bonne nuit.

Il se retrouva tout seul avec les deux assiettes, ça lui parut étrange. Il se traita d'abruti, fit la vaisselle et se roula un joint.

Elle avait oublié ses fringues sur le poêle.

Il se sentit seul.

Il essaya de ne pas penser à Nedjma. Il se roula un autre joint et il s'efforça de penser aux autres femmes qu'il avait connues. Mais il en revenait toujours à Nedjma. Elle n'était sans doute pas parfaite, mais lui non plus, et Nedjma était morte, et ça la rendait parfaite, et d'y penser ça lui faisait encore dans la poitrine comme un trou noir de la largeur d'un poing.

Il roula un nouveau joint et il sombra lentement, comme une barque éventrée au fond d'un lac.

7.

Quand il ouvrit les yeux, il faisait jour et quelque chose cognait quelque part. Ça cognait beaucoup plus fort que le pic épeiche du grand sapin. Ça cognait fort sur la porte, et puis ça entra : tout un paquet d'hommes, lourds, les bottes frappant le parquet, les voix tonnant, les regards fouillant, curieux, scrutant cet intérieur où on ne les avait jamais conviés. La crosse d'un fusil cogna l'embrasure de la porte. Un chien piaulait. L'un des hommes braillait. Les deux qui le soutenaient l'allongeaient par terre quand Stan comprit que c'était le matin, qu'il avait dormi en bas et qu'il y avait des gens chez lui. Il se redressa en grimaçant. Castagnary était planté devant lui. Stan maugréa.

– Qu'est-ce qu'il a votre copain ?

– Une jambe cassée.

– Aïe.

– Et vous savez pourquoi il a une jambe cassée ?

– Vous ne devriez pas l'emmener chez un toubib ?

– Pas avant d'avoir dit ce que j'ai à dire.

Stan ferma les yeux et soupira. Il avait mal au crâne.

– Dites.

– Il s'est pété la jambe parce que quelqu'un a bougé notre chemin.

– Votre chemin ? Votre chemin qui est chez moi ?

Stan n'avait jamais eu le sens de la propriété, mais ce mec l'énervait.

– Ne le prenez pas comme ça. La montagne elle est à tout le monde. On n'est pas à Paris ou...

Personne ne savait d'où venait Stan, mais l'hypothèse la plus répandue était Paris. Paris comme synonyme d'ailleurs, d'étrange, d'hostile. Comme un au-delà du familier, un territoire indien où plus rien n'était sûr, sinon le danger, la puanteur, et toutes sortes de saloperies inconnues.

L'autre gueulait toujours et Stan coupa court au réquisitoire de Casta.

– J'adorerais vous écouter parler des beautés de la montagne, mais votre copain a l'air de douiller.

Casta fulminait mais ne dit rien.

Stan se leva, tituba légèrement, et alla examiner le blessé. Il était tout jeune, presque un gamin.

– C'est votre fils ?

– C'est le mien, répondit une voix.

C'était Vialle, le maire. Stan ne l'avait pas vu entrer et fut étonné de le voir là. Derrière le maire, il reconnut le boucher du Super U, avec un type qu'il ne connaissait pas. Le type faisait dans les deux mètres et son crâne était lisse et brillant comme une bille de forge. Il fit un signe de tête. Le boucher ne broncha pas, et le géant gifla le setter irlandais qui essayait de se faufiler entre ses jambes. Stan se lava les mains avant de se pencher sur le gamin.

– Comment tu te sens ?

– J'ai mal.

– Bouge pas.

Il prit sa trousse à pharmacie dans la salle de bains.

– Vous êtes toubib, aussi ?

– J'ai des notions.

Stan nettoya la plaie superficielle avec des gestes précis. Il manipula doucement la jambe et conclut à une fracture du péroné. Il fit prendre à l'adolescent un antidouleur puissant et lui posa un bandage serré. Le gamin s'apaisa. Le maire faisait tout pour cacher sa gratitude mais son soulagement était évident.

– Tu as de la chance. Le péroné, c'est pas bien grave. A priori tu n'auras pas besoin de plâtre. Seulement du repos.

Il était, lui aussi, secrètement soulagé. Pas assez cependant pour éloigner ce sentiment de culpabilité qu'il éprouvait à l'égard du gamin.

Castagnary reprit.

– Je suis pas un méchant...

Ça n'était pas si sûr. Ghislaine avait eu une histoire avec lui et ça s'était mal fini. Stan ne connaissait pas les détails, mais il savait que Ghislaine s'assurait toujours que Casta n'était pas dans les parages avant de descendre au village. Il avait déjà menacé de la tuer, et elle ne prenait pas ses paroles à la légère. Un jour il lui avait bloqué la route et avait défoncé à coups de pied les portières de la Dacia.

– Je suis pas un méchant, reprit Castagnary. Sa voix faisait comme du gravier qu'on roulerait sur de la moquette. Mais si vous n'y mettez pas du vôtre, on va pas être copains.

– Je ne suis pas méchant non plus, dit Stan. Mais je ne cherche pas à me faire des copains. Je veux simplement des excuses.

Casta désigna le gamin du menton.

– Je crois que c'est plutôt à vous de faire des excuses, non ?

Stan réfléchit, puis s'adressa à l'adolescent.

– Tu t'appelles comment ?

– Mathieu.

– Je suis désolé de ce qui est arrivé à Mathieu par la faute des adultes qui l'ont entraîné lors d'une de leurs intrusions sur une propriété privée alors qu'il leur suffisait de demander une autorisation qui leur aurait été volontiers accordée.

Castagnary sourit, les dents tellement serrées que Stan s'attendait à les voir éclater une à une. Il lui sembla que Vialle était prêt à s'excuser pour passer à autre chose, mais Castagnary tenait le groupe dans un étau invisible. Il ne dit rien mais le regard qu'il promena sur la pièce déplut beaucoup à Stan. Les yeux du chasseur s'arrêtèrent un instant sur les vêtements de Mathilde. Il hocha la tête et tourna les talons.

Tous sortirent, portant Mathieu qui geignait faiblement.

Stan ouvrit les fenêtres pour chasser l'odeur de sueur et de fumée. Quand les moteurs des Land Rover eurent laissé place au silence, il se fit un grand café et se dit que tout ça prenait une tournure assez désagréable. Une inquiétude sourde montait. Pour la garder sous contrôle, il sortit balai, chiffons et serpillière, et passa une heure à récurer le chalet qui en avait bien besoin.

Tarzan fit alors irruption sur le seuil, ses pieds boueux souillant le parquet propre. Stan commença par le houspiller pour l'éloigner, puis il réalisa que c'était la première fois que l'animal s'approchait autant de la maison. Il lui caressa le groin et le cou. La présence amicale de l'animal, son absolue candeur, son regard qui ne jugeait pas, c'était exactement ce qu'il lui fallait.

Si Tarzan fut perturbé par les signaux contradictoires qu'il percevait de cet humain solitaire, il n'en laissa rien paraître. Il s'étira et posa sa tête au creux de l'épaule de l'homme ; l'homme ferma les yeux et accorda sa respiration à celle de l'animal.

Mais Tarzan dressa l'oreille et tourna la tête. Il avait entendu quelque chose. Il détala, tous les sens en alerte, laissant l'humain à ses ruminations pour retrouver son monde à lui, un monde qui lui parlait un langage auquel l'homme n'entendait rien. Stan se disait qu'il avait encore une longue journée devant lui, et se demanda comment l'occuper. Il ne pouvait pas rester sans rien faire. Pas longtemps. Ou alors il devenait fou. Il tournait en rond, il se mettait à réfléchir. Et penser, pour lui, c'était penser à la mort, à cet horizon qui rend dérisoires toute action, tout projet, toute volonté humaine.

En cela, l'armée lui avait fait du bien. À l'armée, on ne questionne pas, on obéit. Là-bas, d'autres que lui étaient chargés du sens des choses. Seulement, il avait vu des vies s'éteindre en une seconde – le temps que met un projectile pour pénétrer un corps, le temps que l'onde de choc transforme les organes internes en bouillie sanglante. Une seconde ou moins. Le temps qui sépare l'existence de la non-existence n'est pas mesurable – pas plus dans la mort que dans la naissance, se dit-il. Encore qu'il soit plus facile de déterminer le moment où la vie cesse, que celui où la vie commence à battre. Il avait beau réfléchir, il ne sortait pas de cette conclusion : il n'y a rien entre la vie et la mort, il n'y a rien et soudain il y a un être ; il y a un être et soudain il y a une chose morte qui n'est que le signe qu'un être a été là.

Stan avait tué. Il avait aussi vu mourir des hommes. Des inconnus, des camarades, et une femme qu'il aimait.

Sur le moment, le danger, l'adrénaline et la peur inhibaient toute réflexion. Mais l'écho de ces morts résonnait longtemps après. Une nuit, Stan s'était réveillé en sanglots. Mais le plus souvent, c'était comme une nuée sombre sur sa tête, un vol d'oiseaux noirs qui menaçait de se poser sur lui et de l'écraser de sa masse aveugle. Ce poids disparaissait quand il s'occupait les mains. En cela, les travaux de la maison et du jardin étaient une bénédiction. Non seulement à cause du plaisir qu'il trouvait à contempler les avancées visibles de la besogne accomplie seul, mais aussi par la sorte d'ivresse qui vient de ce que l'esprit tout entier, aspiré par la relation de la main, de la matière et de l'outil, est alors inapte à toute forme d'introspection, c'est-à-dire de souffrance. Le soir, le corps harassé et l'âme satisfaite, Stan contemplait le résultat de son action ; il ne pensait pas au sens supposé de l'existence.

Finalement, il s'était mis à vivre à la manière des paysans de Gao, une vie qui consistait à bâtir une maison pour y vivre, cultiver un champ pour se nourrir, un feu pour cuire ce que la terre voulait bien donner. À l'époque il voyait cela comme la plus désespérante condition, car elle excluait, croyait-il, tout changement. Elle n'était que répétition, retour du même dans l'ignorance hébétée de la grande dévoration par quoi tout passe et disparaît dans le néant. Quelle différence, se demandait-il obstinément, entre une telle vie et celle de l'animal dont la principale occupation consiste à chercher de quoi se nourrir ?

À cette époque Stan ne s'interrogeait pas sur sa propre condition. Il était présent où on avait besoin de lui. Sa présence avait un but, sinon un sens. Il avait des perspectives : une permission, une autre mission, de l'avancement, la retraite...

Maintenant il y était, à la retraite. Et il devenait insensiblement un paysan de Gao. Quand il fallait se chauffer, il rentrait du bois. Quand un rongeur s'introduisait dans son garde-manger, il lui faisait la chasse. Quand les ronces envahissaient les abords du hangar, il se jetait dans la mêlée. Quand un animal défonçait le grillage du jardin, il installait une clôture plus solide. Sauf que lui, il avait le choix. Il faisait tout ça parce qu'il en avait envie. Il aurait aussi bien pu faire autre chose. Mais c'est cette vie qu'il avait choisie.

Il avait vu très tôt que les gens se nourrissent de projets. Tout le monde avait toujours un *projet*. L'acquisition de cet endroit avait été son « projet » à lui. Maintenant il y était, et il n'avait plus de projet. Il lui restait à vivre.

Ça y était, il recommençait à penser à la mort.

Il se leva et prit ses outils : il allait finir cette foutue terrasse.

8.

Stan Kosinski contemplait son nouveau plancher de mélèze avec la satisfaction que procure le travail bien fait, ou du moins le travail qu'on a accompli soi-même. Il marchait avec précaution sur les planches pour éprouver la solidité de la structure. Il se demandait s'il allait couvrir de lasure toute la longueur du porche, quand son téléphone sonna.

C'était Ghislaine.

Il eut du mal à la comprendre : elle était en proie à une de ces quintes de toux qui l'empêchaient de parler pendant de longues minutes et la laissaient épuisée. Cette fois, ça semblait pire que d'habitude. Elle ne parvint pas à articuler un mot.

– J'arrive.

Il lui fallut quelques minutes pour arriver chez Ghislaine. Elle était assise sur le perron, les deux mains sur la poitrine. Elle reprenait son souffle et avait l'air de souffrir.

– Désolée… Jamel n'est pas là…

Elle cracha sur le gravier. Elle essaya de dire qu'elle se sentait mieux, mais à la vue de son front brillant de sueur et de ses mains tremblantes, il sut qu'il n'en était rien.

– Donne-moi les clés de ta voiture.

Les clés étaient sur le contact. Stan installa Ghislaine à l'avant de la Dacia et démarra. Le médecin le plus proche était à Saint-André, à dix ou douze kilomètres de là. Stan enfila les virages avec autant de douceur possible, aussi vite que possible. Il était calme et concentré, retrouvant là un état qu'il connaissait bien mais n'avait pas vécu depuis son retour en France. Une extrême concentration et un calme total. L'esprit fixé sur un objectif unique. Aucun espace pour les pensées parasites.

La pelleteuse apparut soudain dans le virage en épingle qui surplombait la villa de Castagnary. Elle se dressait là, lourde, jaune, infranchissable. Stan freina *in extremis* et prit quelques secondes avant de descendre. Le moteur de l'engin tournait. Castagnary était aux commandes. Il sourit et Stan vit qu'il ne bougerait pas. Casta reconnut Ghislaine dans la voiture et il cessa de sourire.

– Elle est malade. Elle fait une crise.

Castagnary ne répondit pas. Il coupa le moteur.

Le silence qui suivit était glaçant.

– Elle est malade, répéta Stan. Il faut qu'elle voie un médecin.

– Il va falloir attendre, dit Castagnary froidement.

– On ne peut pas attendre.

– Alors faites le tour.

Stan scanna le périmètre : d'un côté, un talus ; de l'autre un fossé ; au milieu, la pelleteuse. Impossible de passer.

Dans la Dacia, Ghislaine haletait péniblement. Elle regardait les deux hommes et ses yeux n'étaient que panique.

– C'est une urgence. Bougez votre machin.

Castagnary le toisa du haut de son engin.

– Je suis pas à vos ordres, moi. Vous êtes plus à l'armée.

Ghislaine était à bout de forces et frappa du plat de la main sur la vitre comme si la voiture était en train de sombrer. Stan se tourna vers elle.

Elle suffoquait.

Stan sauta sur l'échelle de la pelleteuse.

– Descendez de là, fit Castagnary.

Pour toute réponse, Stan le saisit par le col et tira un grand coup. Casta s'accrocha au volant. Stan lui mit un crochet. Les dents de Casta s'entrechoquèrent et il lâcha le volant. Sa chute fut lourde. Stan prit sa place et passa une vitesse. Dans sa vie, il avait piloté toutes sortes d'engins. Il gara la pelleteuse quelques mètres plus loin et balança la clé dans les ronces.

– Faites gaffe, je suis pas sûr d'avoir serré le frein à main.

Il reprit le volant de la Dacia et partit en trombe tandis que la pelleteuse franchissait, millimètre par millimètre, la distance qui la séparait du talus. La pente s'accentua et l'engin prit de l'élan sur quelques mètres avant de ralentir en rencontrant la surface plane de la cour de Casta, qu'il traversa en perdant de la vitesse, avant de basculer avec une lenteur infernale dans la piscine. La couverture bleue se déchira et le fond pailleté du bassin se fendit comme une coquille d'œuf sous les yeux d'un Casta enragé d'impuissance et d'humiliation.

Le médecin fit une injection à Ghislaine et l'envoya à l'hôpital de Gap. Il faisait nuit quand Stan remonta, tendu, la route de Rochebrune. Il s'attendait, à chaque instant, à voir surgir quelque chose ou quelqu'un dans la lueur des phares. Chez Castagnary, la lumière était allumée, comme tous les soirs. La pelleteuse gisait comme un cadavre de tricératops dans la piscine vide. L'eau chlorée devait à présent ruisseler quelque part sur la pente, ressuscitant pour quelques heures un ruisseau asséché depuis des siècles.

À la hauteur du camping un sanglier détala devant ses roues. Stan freina brusquement et il sentit qu'il avait peur. Arrivé chez Ghislaine, il coupa le moteur et laissa le silence l'envahir. Les sauterelles et les grillons stridulaient de concert. Il coinça la clé sous le pare-soleil et monta jusqu'au chalet. Un vent léger faisait chuinter les pins comme un torrent lointain. La lune éclairait faiblement le chemin.

Stan sentit que quelque chose clochait.

Il s'arrêta, écouta – et c'est là qu'il vit la masse sombre qui gisait sur les pierres blanches du chemin.

Un animal éventré, ses entrailles étalées autour de lui sur la terre aride imbibée de sang.

Stanislas Kosinski ne respirait plus. Il n'osait s'approcher de la masse sanglante. Il finit par faire un pas en avant, pour s'assurer de ce qu'il savait déjà. C'était bien Tarzan. L'être le plus pur qu'il lui ait été donné de connaître.

La voix de Mathilde le fit sursauter.

– Je suis désolée.

Il la regarda sans la voir. En lui des élans contraires se faisaient la guerre dans la plus grande confusion. Il voulait en découdre et il voulait rester seul et s'enrouler dans sa peine comme dans une couverture.

– Qui a fait ça ?

Il avait parlé trop fort, trop durement, comme s'il accusait Mathilde alors qu'elle n'y était évidemment pour rien.

– Je ne sais pas. Je suis désolée, dit-elle pour la deuxième fois.

– Mais tu as bien vu quelque chose ?

Encore une fois il s'en voulut du ton d'accusation qu'il employait malgré lui. Mais elle comprit, au son de sa voix, qu'il était bouleversé et qu'il avait honte de l'être, de l'être devant elle. Elle devina cela parce qu'elle était un peu pareille. Elle s'arrangeait toujours pour que personne ne sache rien des émotions qui la traversaient. C'était même une des raisons qui l'avaient poussée à choisir ce métier.

Elle reprit doucement.

– Quand je suis revenue, mes chiens se sont mis à hurler. J'ai rentré les brebis. Les chiens hurlaient toujours, je suis descendue et je l'ai trouvé comme ça. Je n'ai pas osé le toucher. Je ne savais pas quoi faire.

– Tu n'as croisé personne ?

– Non.

– Une bagnole ?

– Personne.

Il soupira.

– On peut pas le laisser comme ça.

Il dit cela mais il ne savait pas quoi faire. Et il ne voulait pas d'un témoin de son impuissance.

– Va te coucher, ça ne sert à rien que tu restes debout.

Elle hésita. Il insista, un peu brusque :

– Laisse-moi.

Elle alla calmer ses chiens et referma la porte de la caravane derrière elle. Stan respira un grand coup et partit chercher sa bêche. Puis il resta planté là, à quelques mètres du cadavre, sa bêche inutile à la main.

Il s'assit sur une des grosses pierres qui bornaient le jardin. Les grillons stridulaient, exactement comme d'habitude, dans l'indifférence de la lune. Il pensa à Ghislaine, là-bas, dans le lit d'hôpital qu'éclairait à peine l'ampoule de service. Il se souvint de ce qu'elle avait dit sur Tarzan, sur le danger qu'engendrait sa trop grande familiarité avec les hommes, et il se sentit coupable. Coupable et stupide.

Il regarda le visage de Tarzan, vit l'innocence et l'incompréhension, devina la confiance avec laquelle l'animal avait dû se diriger vers son bourreau – et il pleura, sans pouvoir s'arrêter. Il pleura toutes les larmes qu'il avait retenues à la mort de Nedjma. Toutes les larmes qu'il s'était interdites, par crainte, par honte, non par quelque conception antique de la virilité, peut-être par mépris de la faiblesse, sans doute par haine de la faille qui était en lui. Mais surtout parce qu'il fallait faire bonne figure. Il fallait montrer à l'ennemi comme aux civils un visage insensible, il fallait se montrer prêt à tous les sacrifices. Il fallait aussi montrer aux copains qu'il tenait le coup, et aux gradés qu'il restait fiable, quoi qu'il arrive. Pour les mêmes raisons, Nedjma avait toujours tenu à ce que leur lien reste secret – leur *amour* : ils n'avaient jamais prononcé ce mot, ni l'un ni l'autre, mais il savait que c'était cela, il l'avait su en le perdant. Et aujourd'hui, aujourd'hui seulement, il pleurait cet amour perdu devant une dépouille de sanglier.

Il grimpa le chemin jusqu'à l'arbre creux dans lequel il cachait son whisky. Essoufflé par l'ascension, il tâtonna dans le noir. La bouteille était toujours là, familière et fraîche. Il but une longue rasade qui lui brûla l'œsophage. Il remit la bouteille dans sa cachette, puis se ravisa et redescendit auprès de Tarzan. Il se roula un joint et Mathilde était là, deux couvertures à la main.

– Je peux pas dormir.

Elle lui tendit une couverture et posa l'autre sur ses épaules. Il l'imita.

– Merci.

Il lui tendit la bouteille. Elle la prit, hésita et but une gorgée de whisky. Il lui tendit le joint en silence.

– Il s'est éteint.

Il le lui ralluma.

La flamme du briquet éclaira le visage de la fille. Ses yeux brillaient au-dessus des cernes. La rosée tombait sur leurs épaules et la lune montait en silence. Ils veillèrent Tarzan toute la nuit, alternant l'herbe et le whisky. Juste avant l'aube Stan déplia ses jambes ankylosées et tituba vers le chalet.

– Je vais te faire un truc à manger.

– Des sardines ?

Il sourit à peine dans le noir.

– Tu viens ?

Il jeta une bûche dans le poêle et sortit quatre saucisses de Montbéliard, une tomme de Savoie et un pain de maïs un peu dur qu'il avait fait lui-même. Il lança un café tandis que Mathilde se réchauffait devant le poêle.

– Tu as oublié tes fringues hier.

– J'avais oublié mes fringues.

– C'est ce que je viens de dire.

– Comment ?

C'était pénible et un peu marrant malgré tout. Il sourit.

– Pourquoi tu rigoles ?

Il secoua la tête et changea de sujet.

– Ça va aller, avec le troupeau ?

– Je vais faire bosser les chiens.

Les saucisses roulaient dans la poêle émaillée. Stan se retourna.

– Je sais qui a fait ça.

Elle attendit la suite, mais les mots de Stan restèrent suspendus dans l'air couleur de cendre. La cafetière se tut. Stan remplit deux grandes tasses et ils s'attablèrent.

– Qu'est-ce que tu vas faire ?

Le ton était inquiet mais il ne releva pas.

– D'abord je vais appeler l'hôpital, voir si je peux aller chercher Ghislaine. Et toi ? Tu vas dans quel coin aujourd'hui ?

– Je vais monter à Bures. Et je pense que je vais rester là-haut à la cabane.

Stanislas cacha sa déception.

– Je redescendrai demain soir, précisa-t-elle.

Il hocha la tête sans rien dire. Elle insista :

– Qu'est-ce que tu comptes faire ?

– Je sais pas encore.

Il avait quand même une petite idée.

9.

Stan avait enveloppé Tarzan dans un vieux drap. Il l'avait déposé dans la brouette et avait gravi la pente jusqu'au chêne qui jetait son ombre centenaire sur la citerne. Il l'avait enterré là, puis il avait érigé sur le tumulus un cairn instable, chaque pierre chargée de sa colère et de sa peine.

La culpabilité qu'il éprouvait depuis la veille se transformait, à mesure que l'ombre du chêne tournait, en un désir de vengeance.

Il s'assit un moment sur la dalle de la citerne. Il pensa au Beretta 92 qu'il avait planqué là, sous la dalle, à quelques centimètres de sa main. Le soleil commençait à chauffer le béton. Il se leva brusquement pour s'éloigner de cette arme qui semblait lui lancer un appel silencieux. Il marcha pour se calmer. Au bout d'un moment il s'aperçut que la pente, ou ses pas, l'entraînait chez Castagnary.

Le jeune retraité faisait le tour du propriétaire avec une femme qui n'avait pas l'air du coin. Sans doute une Hollandaise. Il bombait le torse, il faisait des gestes, il occupait l'espace. Il était tout sourire mais son sourire s'effaça quand il vit Kosinski marcher sur lui. Stan ne dit rien et Castagnary leva les poings. La visiteuse fit un pas en arrière. Casta projeta son poing mais Stan esquiva. Casta fut déséquilibré et il trébucha mais la main ouverte de Stan lui prit le visage et le repoussa en arrière. Pour éviter le choc cervical Casta dut se laisser tomber sur le dos. Stan accompagna sa chute et amorça un coup. Casta cria. Stan allait lui fermer la bouche à coups de poing, mais il vit la femme et se vit dans le regard de la femme et il eut honte et il voulut disparaître. Alors il s'en alla.

Il marcha sans se retourner tandis que Casta se relevait.

Il sentait le regard de Casta et il sentit le regard de la femme longtemps après avoir disparu dans l'ombre des pins. Il marcha longtemps, avec rage, s'épuisant sur la pente irrégulière, s'efforçant de ne plus penser. Mais plus il marchait et plus il pensait. La même idée revenait sans cesse, comme un caillou coincé dans les sculptures d'un pneu et dont le bruit de métronome se fait obsédant. Une idée absurde, révoltante, contraire à tout ce qu'il avait désiré jusqu'alors : partir. Repartir. Ne plus être là. Trouver un autre endroit peut-être, une autre solitude. Ne plus être vu. S'évanouir dans la nature. Il n'était pas le bienvenu ici. Il avait cru pouvoir vivre là sans jouer le jeu de la communauté humaine. Mais la communauté humaine ne voulait pas cela et il ne serait plus jamais en paix. La violence l'avait retrouvé, il l'avait endossée comme un vieux vêtement confortable. Elle était revenue comme un geste qu'on a fait mille fois, comme la poignée de porte qu'on trouve dans le noir, comme l'outil connaît la main, comme la main connaît l'arme, l'arme qui parfois devance le geste et cherche la main.

Il gravissait la côte et cette pensée ne le quittait pas : partir. Puis il arriva sur le replat de la falaise. Il s'arrêta pour reprendre son souffle et regarda sa maison, tout en bas.

Alors cette idée commença, lentement, à se retourner. Et quand il amorça la descente vers le grand tilleul et la ruine du vieux Perreau, son pas s'allongeait et chaque foulée sur la terre battue du sentier martelait qu'il allait rester, que ce chalet deviendrait sa forteresse, que depuis cette forteresse il tiendrait tête au monde entier. Il retrouvait alors ses rêveries d'enfant amoureux des châteaux forts, des îles désertes et des cabanes dans les arbres, de sous-marins et de dirigeables.

Il était chez lui, et il allait rester.

Il faisait bon dans la maison et il laissa le feu s'éteindre. Il se servit un grand verre d'eau. Ses muscles refroidirent lentement. Il allait avoir des courbatures. Il prit une douche très chaude et se changea. Il but un autre verre d'eau et resta debout, contre l'évier. Puis il s'assit à la table de la cuisine. Mais il aurait aussi bien pu rester debout. Pour la première fois depuis longtemps, il ne savait pas quoi faire. Alors il se servit un verre de vin. Depuis son arrivée, il avait toujours eu quelque chose à faire. Le jardin et la maison exigeaient une attention constante, dessinant un futur immédiat, concret, palpable. Son avenir était à la mesure des tâches à accomplir. Même si la vie lui faisait parfois l'effet d'une longue dérive à travers la nuit, les soins qu'exigeaient les légumes, le rythme qu'imposaient les saisons ou l'imminence d'un orage, éclairaient comme des phares une portion de la route qui s'ouvrait devant lui, comme un halo de certitude dans une obscurité sans bornes. Et il y avait toujours quelque chose à faire. Et ces choses à faire occupaient son esprit avant même d'occuper ses mains. Il faisait des listes, dessinait des plans, évaluait ses besoins. Son esprit était toujours orienté vers un but. Lui aussi formait des projets, finalement.

Mais ce soir-là, il ne savait plus quoi faire. Quelles étaient les priorités ? Une urgence semblait vouloir s'imposer, mais laquelle ? Il ne réfléchissait plus. Il laissa la lumière décliner et ne se leva même pas pour allumer la lampe. L'ombre descendait lentement et l'enveloppa de ses voiles, plus légers que des toiles d'araignées. C'est alors qu'il entendit le son de quatre paires de pneus écrasant les cailloux du chemin.

10.

Il se leva et regarda par la fenêtre mais il ne vit rien. Aucun véhicule ne descendait vers la maison. Les abeilles avaient déserté le romarin ; une pie traversa bruyamment le rectangle de la vitre, et le silence retomba.

Il était sûr d'avoir entendu des voitures. Il était arrivé qu'un chasseur se trompe et vienne faire demi-tour devant la maison. Mais plus rien ne bougeait. De toute façon, ce n'était pas une heure pour aller chasser. La toile noire du tunnel d'élevage ondulait légèrement. Stan entrouvrit la fenêtre pour mieux écouter. Aucun moteur ne tournait. Les voitures ne s'éloignaient pas. Si des visiteurs s'étaient arrêtés chez Ghislaine, il aurait entendu les portières claquer côté nord, avec le bref écho qu'il connaissait bien. Mais l'air restait silencieux.

Il se dit confusément qu'il avait bien fait de ne pas allumer la lumière. Castagnary n'avait pas dû aimer sa petite démonstration de krav-maga. Il devait être en pétard. Ses colères étaient connues jusqu'à Serres, et même jusqu'à Crest. Ghislaine en avait fait les frais et elle n'était pas la seule.

Stan Kosinski sentait qu'il était là, sur son chemin, et qu'il n'était pas seul. Ils étaient au moins deux. Il était sûr d'avoir entendu deux voitures. À force, il reconnaissait le bruit que faisait la camionnette de Jamel, la Dacia de Ghislaine ou le Kangoo de La Poste. Ils pouvaient être trois, ou quatre, ou plus. Et ils étaient sans doute en train de descendre à pied vers la maison, en évitant le chemin. C'était ça : ils avançaient à couvert, sous les sapins.

Il fallait agir vite.

Il attrapa son sac à dos. Il y gardait en permanence un poncho de pluie, une couverture de survie dans son emballage, un couteau de chasse et un briquet. Sans réfléchir, il y jeta une poignée de noix, un saucisson, un reste de pain et trois boîtes de sardines. Il ajouta un bonnet et un pull bleu marine, son préféré. Il passa une canadienne, posa le sac sur ses épaules, et ouvrit doucement la porte-fenêtre qui donnait sur la terrasse. Si les intrus arrivaient, comme il le pensait, par le haut du terrain, ils ne le verraient pas. Il passa en souplesse par-dessus la rambarde et se laissa tomber au sol le plus légèrement possible. Il hésita à se cacher sous la maison, mais s'il leur prenait l'idée d'y jeter un œil, il était coincé.

Il regarda en direction du pignon sud. C'était la fin du crépuscule. Le toit de la maison se découpait à angle droit sur la tache claire de l'ouest. Côté est, où il se trouvait, les arbres s'étaient déjà fondus dans l'obscurité, et le terrain descendait. C'était la meilleure option. Seulement Stanislas avait depuis quelques minutes comme une idée fixe : récupérer le Beretta qui dormait dans la citerne. Exactement de l'autre côté. Là où, vraisemblablement, les voitures étaient garées. Déjà il entendait des pas, et la porte de l'appentis qu'on poussait. Elle avait toujours été un peu dure. Il descendit à grandes enjambées en direction du terrain de Ghislaine, puis s'arrêta dans l'ombre des chênes pour écouter.

Des pas lourds résonnaient dans la maison. Des bottes foulaient son parquet verni, son parquet tout propre de l'autre jour. Ça lui fit mal. Ils étaient chez lui et ils parlaient à voix haute comme s'ils étaient chez eux. Il les détesta pour ça.

Il longea sur la droite la clôture électrifiée que Ghislaine avait posée pour les ânes. L'enclos s'arrêtait là où la pente devenait trop raide et s'inclinait dangereusement vers la rivière, deux cents mètres plus bas. Il était hors de vue. Le renflement de la pente lui cachait désormais la maison. Il longea le haut du ravin en suivant les sentes des sangliers, contournant la maison par le sud-ouest dans un cercle large. Les arbres et la nuit protégeaient sa progression. Il marchait lentement, prenant garde aux branches et aux pierres qui auraient pu rouler, révélant sa présence. Heureusement, il n'avait pas entendu de chiens.

Lorsqu'il eut ainsi parcouru trois cents mètres, il obliqua vers la droite pour rejoindre le chemin, qu'il longea par une draille presque parallèle pour ne pas être à découvert.

Les voitures étaient là. Les deux Range Rover de l'autre jour. Celle de Castagnary et une autre, peut-être celle du boucher. Stan trouva curieux cette espèce de virilité mimétique, mais il ne s'attarda pas sur la question et sortit son couteau, s'accroupit et creva méthodiquement les quatre pneus qu'il avait devant lui. Ce n'était peut-être pas nécessaire, il n'avait pas l'intention de prendre la route, et sa voiture à lui était hors d'atteinte pour le moment, garée sous le hangar près de la caravane. Mais ça lui fit du bien.

Des voix d'hommes montèrent de la maison. Que voulaient-ils ? Lui donner une leçon ? Le tabasser ? Lui montrer qui faisait la loi ? Et s'il se trompait ? Peut-être étaient-ils venus faire la paix ? Peut-être s'était-il affolé pour rien ? Un bruit de vaisselle brisée le fit hésiter.

Il vit émerger une première silhouette. Puis une autre. Les deux hommes portaient un fusil sur l'épaule.

Ils n'étaient pas venus pour faire la paix.

Stanislas n'attendit pas et s'éloigna rapidement vers la citerne. Le cairn faisait une tache claire sur la terre fraîchement remuée où une érigone avait déjà étendu sa toile.

Il souleva la dalle de béton qui protégeait la cuve et la fit glisser sur le côté le plus doucement possible. Une minuscule grenouille tenta de s'échapper en s'agrippant à la paroi rugueuse. Stanislas plongea sa main dans la cuve et trouva tout de suite le sac étanche qui contenait le Beretta. Il n'aurait sans doute pas à s'en servir. Enfin ça dépendait de ce que voulaient ces types. Il valait mieux le prendre, au cas où. Il fourra l'arme dans son sac à dos. Il ne prit pas le temps de remettre la dalle en place : il venait d'entendre le claquement d'un fusil qu'on referme après l'avoir chargé. Les hommes s'écartaient des véhicules. Il en dénombra quatre. Il reconnut la silhouette trapue de Castagnary, et le chauve immense qu'il avait vu chez lui. Les autres étaient trop loin.

Il franchit le chemin d'un bond et s'aplatit derrière un genêt. Il ne voulait pas descendre vers la route – il était difficile de s'y cacher, voire impossible à certains endroits, où elle était bordée d'un côté par le précipice, et de l'autre par la falaise. Mieux valait gagner la partie du terrain qui s'éloignait de la vallée en montant vers le col de Bures et le chemin de Cornillac. Il rampa entre les aubépines et les buis. Il dut passer sur un parterre de thym car l'odeur soudain lui emplit les narines. Puis il se releva et courut, plié en deux, jusqu'à la ligne d'ombre d'un bosquet de chênes. Il se redressa et entra dans le sous-bois. Il progressa au jugé sur quelques centaines de mètres, avant de trouver le chemin défoncé qui montait jusqu'au col, à presque deux heures de marche.

Il marchait d'un bon pas. Le chemin était large et d'un blanc pâle qui permettait d'avancer sans crainte dans la nuit, mais qui risquait de révéler sa silhouette aux hommes qui le poursuivaient. Il obliqua alors vers la droite, où un chemin plus étroit, plus sombre et plus escarpé menait directement à la ruine qu'il appelait « du grand chêne ». L'arbre immense qui avait poussé dans les décombres était pourtant un tilleul. Il avait dû se rendre à l'évidence lors de son premier été sur la colline, alors que les fleurs de l'arbre embaumaient et qu'il en avait rempli son sac en se disant que décidément, il était nul en botanique – d'ailleurs le terme de botanique était-il réservé aux herbes, aux légumes et aux fleurs ? Il n'en savait rien. Cette évidence l'avait frappé en arrivant sur cette colline : il ne connaissait pas le nom des choses. Parmi les herbes, il reconnaissait le thym, et c'était à peu près tout. La mère de sa première famille d'accueil en mettait toujours dans la sauce tomate. Les genêts, il les reconnaissait à leurs fleurs jaunes. Il avait appris leur nom lors d'un été passé en Sologne avec le centre d'action sociale. Parmi les arbres, il distinguait facilement les chênes, avec leurs petites feuilles qui ressemblaient à des motifs camouflage, et les résineux, qu'il appelait d'un vague : « les sapins ». Il avait un peu progressé. Il avait acheté un livre sur la nature et y avait découvert que ce qu'il nommait « herbes » pouvait se dire tribule, molène, échinaire, sainfoin, réséda, campanule, euphorbe, germandrée, crételle ou pied-de-coq ; il y avait aussi la véronique de Perse, la cardamine hirsute ou la bourse-à-pasteur, mais il avait continué à les appeler « les herbes ». Il ne pouvait tout de même pas se trimballer avec son bouquin dès qu'il quittait la maison. Quant aux arbres, il avait longtemps confondu le hêtre et le frêne car les deux mots se ressemblaient, avec leur accent circonflexe et leur syllabe unique. Et il avait continué, en son for intérieur, à appeler cet endroit « la ruine du Grand Chêne ».

Stan atteignit la ruine et se posta près du puits qui avait été foré entre le tilleul et le bâtiment principal. La fosse était profonde, mais de l'extérieur ce n'était qu'une ouverture à peine visible, sans margelle, que Ghislaine avait couverte de branchages épineux pour éviter qu'un âne ne s'y blesse ou y tombe.

De son poste d'observation, Stan pouvait voir une partie du chemin principal et entendre ce qui s'y passait. Il tendit l'oreille mais ne perçut rien que le souffle des sapins qui hérissaient la falaise. Peut-être ses poursuivants avaient-ils renoncé ? Ou peut-être qu'ils écoutaient, eux aussi, tapis dans le noir. Si c'était le cas, ils ne voulaient pas lui faire peur, ils voulaient le surprendre et le piéger. Ils le traquaient et avançaient probablement avec mille précautions. Ils voulaient qu'il se croie à l'abri et fasse un mouvement qui trahisse sa position. Mais que cherchaient-ils exactement ? La question devenait de plus en plus lancinante.

Il s'accroupit dans l'obscurité, ouvrit son sac et prit le Beretta. Il trouva le chargeur dans le noir et sut, au poids, qu'il était plein. Il s'en voulut d'avoir laissé le reste des munitions à la maison. Il n'avait jamais été bon dans l'improvisation. Il aimait observer, réfléchir, prévoir, préparer, anticiper. Autant dire qu'il n'aimait pas la situation où il se trouvait. Il inséra lentement le chargeur dans la crosse, mais hésita à aller jusqu'au bout : la clenche produisait un bruit métallique qui manquait de discrétion. Il entendit une pierre rouler en contrebas : ils étaient là. Une ombre s'immobilisa sur le chemin. Quand l'ombre se remit à avancer, il enfonça le chargeur avec un claquement sonore.

Une seconde plus tard, un objet métallique lui cingla le visage. Son cœur s'arrêta de battre et il perdit l'équilibre.

11.

Il se protégea machinalement le visage mais il ne savait pas dans quel sens il tombait. Son cœur s'était remis à battre, et il cognait fort dans sa poitrine.

Les types avaient dû se séparer. L'un d'eux l'avait suivi vers la ruine. Il se maudit de n'avoir rien entendu.

Les autres n'allaient pas tarder à arriver.

Un liquide tiède lui coulait sur la mâchoire.

Il toucha le sol avant d'avoir mal. Il roula sur le côté, se protégea la tête de ses bras et ne bougea plus. L'autre fit un pas vers lui. Dans l'interstice de ses bras Stanislas Kosinski ne vit qu'une vague silhouette. Et la silhouette avait l'air d'osciller. Ce n'était pas Castagnary. La silhouette n'en revenait pas que ça ait été aussi facile. L'homme hésitait à pousser son avantage en l'assommant une fois pour toutes. Il voulut appeler les autres mais sa voix s'étrangla dans une indécision absurde entre le chuchotement et le cri. Il s'y reprit et il choisit le cri mais son cri se brisa en même temps que son genou. Stanislas avait jeté ses pieds en avant de toutes ses forces. Un os craqua. L'homme eut une sorte de sanglot. Stan se releva et l'agrippa par le col. Il s'en voulait de s'être fait surprendre et l'autre paya cette colère. Il pleurait, suppliait et bavait de douleur et Stan lui plongea la tête dans le tas d'épineux qui cachait l'entrée du puits. À cet instant il voulait le précipiter au fond de la fosse mais le taillis était épais et les épines lacéraient le visage de l'homme et creusaient des sillons dans ses joues et sur son front. C'était Vialle, le maire. La colère de Stan se calma peu à peu. Il lâcha le maire, mais sous son propre poids l'édile s'enfonça d'un bon mètre dans la bouche noire du puits et resta comme ça, la tête en bas, suspendu au-dessus du vide, seulement maintenu par les épines qui s'étaient prises dans ses vêtements et lui lacéraient l'épiderme. Il gueulait. Les autres n'allaient pas tarder. Il fallait partir. Stan chercha dans l'ombre l'arme qui l'avait frappé mais ne la trouva pas. Déjà il entendait les autres appeler leur copain. Le maire répondit d'une voix d'outre-tombe qui résonnait sur les parois du puits tandis que sa morve et son sang s'égouttaient dans le gouffre invisible.

Stan n'avait pas le choix. Il fallait emprunter le sentier qui montait en biais jusqu'à la falaise. Le chemin qu'il avait pris la veille dans l'autre sens. Une fois là-haut, il aurait deux possibilités : redescendre vers la vallée en passant par les terres de Castagnary, ou monter à travers les concessions de l'O.N.F. en direction du col de Bures, à plus d'une heure de là.

Il s'élança sur la piste.

Sur le tronc du vieux tilleul, deux traits de peinture signalaient un sentier de randonnée. Un triangle de plastique décoloré indiquait même la voie aux cyclistes aventureux. Mais l'endroit était à l'écart des circuits touristiques et personne ne s'égarait jamais dans les parages. Encore moins avec un vélo. Les seules personnes que Stan ait jamais croisées étaient Ghislaine ou des bergers quittant Montjay pour regagner la plaine au Nouvel An. L'hiver précédent, ils étaient toute une famille sur cet étroit chemin. Stanislas s'était écarté pour les laisser passer, tenu en respect par un berger des Pyrénées qui prenait son rôle très à cœur. Le troupeau était modeste – moins d'une centaine de bêtes. Deux enfants – une fille et un garçon de sept et dix ans – portaient chacun un agneau dans leurs bras. Les brebis avaient agnelé trop tôt (ou les bergers n'avaient pas voulu manquer le traditionnel réveillon du Nouvel An qu'ils organisaient à la bergerie de Montjay), et les agneaux étaient encore trop faibles pour marcher. En voyant cette famille, et ces gamins radieux et fiers de la responsabilité qu'on leur confiait, et la jeune vie qui palpitait contre leurs poitrines, et les chiens qui semblaient veiller sur le convoi avec la même fierté, le même amour du travail bien fait, il avait eu comme un pincement au cœur et il s'était senti très seul. La bergère lui avait souri et le berger s'était contenté d'un hochement de tête et bientôt il n'y avait plus eu que les sonnailles, et puis plus rien.

Il repensait à cette famille chaque fois qu'il passait à cet endroit. Mais cette nuit-là cette pensée ne fit que traverser son esprit sans s'arrêter. Il gravit au pas de gymnastique le sentier qui barrait le flanc de la falaise d'une ligne oblique à peine visible entre les chênes. Il entendit des voix venant d'en bas, du côté du puits. Ça s'exclamait. Les types avaient dû extraire leur copain de sa prison d'épines, ou constater sa chute. Ils n'essayaient plus de passer inaperçus et ça faisait bizarre, ces voix fortes dans la nuit, à cet endroit.

Il se savait visible par intermittence, alors il hâtait le pas entre les arbres, quand la vague lueur du ciel rendait le sol moins noir. La pente était raide et il s'essoufflait déjà. Il se maudit de s'être laissé aller depuis son installation sur la colline. Ses seules activités physiques étaient celles qu'exigeaient les travaux de la maison et du jardin. Et s'il avait gardé sa physionomie sèche de soldat, il avait beaucoup perdu en endurance. Sur cette côte il se fit l'effet d'un petit vieux amoindri par la sédentarité. Un petit vieux dont l'exercice quotidien consistait en des allers et retours entre la citerne et le jardin.

Il ne voyait toujours pas le haut du chemin. Les dernières minutes lui semblèrent très longues : la végétation devenait moins épaisse à mesure qu'il approchait du plateau, et il s'attendait à essuyer des tirs. Mais personne ne tira. Peut-être les chasseurs avaient-ils peur qu'un bloc de pierre se détache de la paroi et vienne les broyer comme des insectes. Ou alors ils ne voulaient pas attirer l'attention. Les détonations portaient loin, surtout la nuit.

Il arriva enfin sur le plateau. Le maquis s'inclinait doucement jusqu'à la paroi verticale qu'il voyait depuis la maison.

Il reprit son souffle sur le replat dans une odeur de sève, de bruyères humides et de fumée. Il savait qu'il ne fallait pas s'arrêter – ils étaient juste derrière lui.

Mais quelque chose clochait.

La fumée.

L'odeur de fumée se faisait plus précise, et il ne sentait plus que cela. Il s'avança prudemment vers le bord. Le sol donnait l'impression qu'il était sur le point de glisser, comme si la croûte sèche de la surface n'était maintenue que par les racines des buissons arides qui poussaient dans le moindre interstice. Il s'avança, le cœur battant d'appréhension.

C'est là qu'il vit la lueur : devant lui le bord de la falaise se détachait sur un halo comme on en voit longtemps encore après le crépuscule, quand le soleil est déjà loin mais que sa lumière s'obstine à l'horizon, dans un nuancier immense qui va de l'ambre au bleu profond. Sauf que là, la lumière était orange et palpitait comme un cœur, et qu'une fumée noire s'en élevait en silence comme après une attaque d'artillerie. Stanislas eut comme une décharge électrique dans la poitrine. Il continua d'avancer. Il ne faisait plus attention à l'endroit où il posait les pieds. La bergerie entra dans son champ de vision. Il s'était dit un instant qu'elle avait pu prendre feu, avec ses meules de foin et sa couverture de plastique inflammable. Mais la bergerie était intacte.

Ce qui brûlait, c'était sa maison.

12.

Il regagna comme un somnambule le sentier qui déjà s'inclinait en direction de la route et, au-delà, des terres de Castagnary. Il n'avait qu'une idée en tête – à peine une idée, en réalité : une force le poussait vers sa maison et c'était le genre de force qui pousse les saumons quand ils remontent les torrents ou les troupeaux quand ils deviennent fous de terreur. Il ne pensait plus, il courait. Son corps conspirait avec l'inclinaison de la terre pour le jeter en avant sur le flanc bombé de la colline. Il se laissa entraîner par la pente et prit de la vitesse. Quand son pied heurta la lourde pierre qui attendait son heure dans le creux de l'ornière, il fut précipité vers l'avant et roula sur plusieurs mètres avant d'être immobilisé par une muraille de ronces. Il resta un instant immobile. Il essaya de se relever mais le roncier avait planté ses épines partout dans ses vêtements et dans sa peau. Il soupira et ferma les yeux, puis entreprit de se défaire de l'emprise du buisson tentaculaire. La tâche était délicate et il reprit peu à peu ses esprits.

En se relevant, il vit qu'il se trouvait à un embranchement : à sa gauche, le sentier remontait légèrement, jusqu'à la lisière d'une futaie. Il réfléchit un moment et pensa à sa maison détruite. Il regarda le sentier qui descendait et qui le ramènerait chez lui. Puis il pensa qu'il n'y avait plus de chez lui. Il se retourna et pensa à revenir sur ses pas pour les flinguer tous. C'est là qu'il s'aperçut que le Beretta n'était plus dans la poche de sa veste. Il avait dû le perdre quand l'autre l'avait frappé à la tête. Il se sentit stupide et impuissant. Quel soldat il faisait ! Il se détesta et il eut honte. Il essaya de se dire que c'était mieux comme ça, qu'il aurait fait une connerie avec le Beretta. Et pourtant il ne pouvait se défaire de cette peur qui était la combinaison de l'inquiétude et de l'incompréhension. Qu'allaient faire ces types ? Quelles étaient leurs limites ? Ils avaient l'air tellement inoffensifs la première fois qu'il les avait vus... Et ils étaient capables de ça ? L'incendie allait-il les faire revenir à la raison, voire à la contrition ? Allaient-ils se rendre compte qu'ils étaient allés trop loin ? Ou avaient-ils franchi une limite qui rendait impossible tout retour en arrière ? Être aux prises avec un dingue, ça lui était déjà arrivé, il comprenait. Mais plusieurs ? Une poignée de braves citoyens, contribuables résignés, peut-être un peu tricheurs, et cependant maris honnêtes et ennuyeux, bien au chaud dans leur routine, vivant une vie suffisamment confortable et indolore pour qu'ils trouvent du plaisir à crapahuter dans le froid et la pluie du dimanche matin sans autre motif qu'un ennui ouaté, la frustration ou la peur de changer, rien qui ne puisse se résoudre ou en tout cas s'atténuer dans le meurtre occasionnel d'un animal sauvage.

Puis de Tarzan.

S'il était légal et admis de supprimer un être vivant dans le cadre de la chasse, tuer un animal domestique était considéré comme un crime – il en était presque sûr. Quant à l'incendie volontaire, ça dépassait l'entendement : comment ces petits-bourgeois des collines étaient-ils devenus des incendiaires ? Comment avaient-ils pu passer à l'action sans penser aux conséquences légales de leur geste ? Se croyaient-ils au Far West ou dans quelque contrée sans loi ? Se pensaient-ils protégés parce que l'un d'eux avait un gendarme dans sa famille ? Ou avaient-ils pris soin de faire passer l'incendie pour un accident ? Cela aurait demandé un soin et une réflexion dont il ne les croyait pas capables – mais aussi une action collective et coordonnée.

C'était sans doute le plus confondant : l'apparente cohésion de ce groupe : il n'y en aurait donc aucun pour raisonner le plus fou, le plus dangereux ?

Il se demanda pour la première fois si sa couleur de peau avait quelque chose à voir dans tout ça. Il ne se souvenait pas avoir eu à en souffrir. Certainement pas à l'armée. En Picardie, quand il était enfant, il sentait qu'il n'était pas comme les autres, qu'on le regardait différemment. Quand on lui demandait d'où il venait, il ne savait jamais si c'était à cause de son nom, de la rumeur qui précède toujours les enfants placés, ou de ses cheveux crépus et de sa peau de métis qui devenait brun foncé chaque été. Il cessa d'y penser, parce que ça ne servait à rien.

La brise rabattit la fumée sur la paroi rocheuse et ses yeux se mirent à pleurer. Il regarda derrière lui la trouée sombre qui s'ouvrait dans le bois. Au loin dans la vallée une sirène résonna. Quelqu'un avait dû apercevoir depuis le village la lueur de l'incendie, et appeler les pompiers. Le temps qu'ils arrivent, la maison ne serait plus qu'un tas de braises et de débris calcinés au milieu desquels trônerait, intact, le poêle en fonte. Et son foyer, le seul endroit que le feu n'aurait pu atteindre.

Des voix s'élevaient en amont : les types étaient arrivés à leur tour sur le plateau. Il ne fallait pas rester là. Il fallait se mettre en mouvement. Il prit une grande respiration, emplissant ses poumons des poussières de son rêve calciné. Il se tourna vers les bois noirs et se jeta dans la gueule de la nuit.

13.

Il avançait penché vers l'avant comme pour lutter contre un vent puissant. Mais il n'y avait pas de vent. À peine un souffle d'air dans les cimes qui faisait comme un chuintement d'électricité statique. En bas, près du sol tapissé de plusieurs générations d'aiguilles et de cônes, le calme était irréel, comme si les troncs épais des mélèzes délimitaient les contours d'une chambre anéchoïque.

La lumière n'y entrait pas davantage. La Voie lactée avait disparu derrière les frondaisons et Stan Kosinski ne voyait même pas ses pieds. Heureusement ce chemin-là était large. Kosinski sentait sous ses semelles l'empreinte de chenilles métalliques et les ornières profondes typiques des engins de bûcheronnage. Il se trouvait dans une parcelle de l'Office national des forêts.

Il s'arrêta un instant. Le silence lui tomba dessus comme un couvercle hermétique. Il n'entendait que son propre souffle. Casta et ses copains avaient abandonné. Du moins pour ce soir. Il essaya de penser comme eux : ils allaient sans doute redescendre, s'occuper des pneus crevés de leurs 4×4.

Ou ils allaient devoir confier le maire à un service d'urgences. Les pompiers étaient sûrement passés par le chemin de Ghislaine, plus rapide et moins escarpé. Ils n'avaient donc pas vu les Range Rover immobilisés sur son chemin à lui. Il se demanda si les chasseurs allaient tous dormir chez Casta, ce qu'ils allaient dire à leurs femmes. Il se dit qu'ils allaient abandonner et il en ressentit de la colère : ils lui avaient « donné une leçon », ils allaient maintenant faire profil bas, et bientôt l'incendie de la maison deviendrait une de ces anecdotes locales dont on parle de temps à autre pendant trois ou quatre ans, puis qu'on oublie. Ces types, eux, reprendraient leur vie, et viendraient chasser sur les terres de ce militaire bizarre qu'on n'avait jamais revu et qui avait probablement foutu le feu lui-même à sa maison. Et lui, Stanislas Kosinski, n'avait plus de vie, plus de lieu où vivre et nulle part où aller. L'espace d'un instant, il envisagea de descendre à la gendarmerie la plus proche pour porter plainte. Et puis il se souvint qu'il avait balancé un type au fond d'un puits et qu'il ignorait dans quel état il se trouvait. S'en remettre à la loi n'était sans doute pas une bonne idée. Il devait se poser quelque part pour réfléchir. Il se remit en route et ne se retourna plus. Il ne voyait devant lui que les milliards de petits points dansants de l'obscurité, et il s'aperçut qu'il savait très bien où il allait.

Quand il sortit enfin du sous-bois, il eut l'impression d'être en plein jour. Il se fit l'effet d'un poisson des abysses brutalement hissé à la surface. Pourtant il faisait encore nuit. La lune descendait sur l'horizon crénelé des collines alentour, baignant d'une lumière farineuse l'herbe sépia du chemin. La pente était plus douce et le terrain dégagé. Il marcha encore une demi-heure, et la prairie de Bures s'ouvrit devant lui. Elle ondulait, souple et ronde, sur environ huit cents mètres, presque miraculeuse après cette longue ascension nocturne. Elle formait une combe, nichée entre le mamelon sur lequel le chemin traçait un sillon clair, et une crête d'au moins deux cents mètres qui l'abritait du vent. Au creux de cette cuvette poussait un arbre unique, pas très haut, mais qui tirait de son isolement une certaine majesté. À l'autre extrémité de la combe, une bergerie en bois. Cent mètres plus loin, adossée à la pente rocheuse, une cabane de bergers montée sur pilotis. C'est là que Mathilde devait dormir.

Le bruit de ses pas sur les planches du perron avait dû la réveiller, car quand il ouvrit la porte ce n'est pas elle qu'il vit dans l'encadrement de la porte mais le canon d'un fusil.

– Vous êtes qui ?

– C'est moi.

– C'est pas une réponse.

– C'est Stan. Stanislas, le gars de Rochebrune.

– J'entends pas.

Il recula pour être un peu plus visible dans la lueur de la lune.

– Qu'est-ce que vous foutez là ?

– On se revouvoie ?

– Qu'est-ce que tu veux ?

– Je cherche un endroit où me reposer quelques heures.

– C'est pas assez confortable chez toi ?

– C'est pas ça...

– Je te laisse la caravane si tu veux.

– Je peux entrer ?

Elle hésita.

– Si tu étais à ma place, tu te laisserais entrer ?

– Ça dépend. Si je me connaissais, je me laisserais entrer, oui.

– Mais ce serait peut-être pas une bonne idée...

– Qu'est-ce que je peux répondre à ça.

– D'autant que moi, je te connais pas.

– Quand même. On a mangé ensemble.

– Oui enfin ça...

– Tu veux pas allumer une lampe ?

– Pour ça il faudrait que je lâche mon fusil.

– Je te le tiens si tu veux.

Elle trouva enfin un briquet et alluma une lampe à gaz, qu'elle suspendit à la poutre centrale avant de se tourner vers Stan.

– Wow.

– Quoi ?

– Tu fais souvent de la randonnée en pleine nuit ?

– Tu dors souvent avec un fusil de chasse ?

– C'est Pradal qui me l'a prêté.

– À cause des loups.

– Aussi.

– Tu as peur de moi ?

– Tu verrais ta tête…

Il se toucha le visage et la douleur lui rappela le coup porté au visage, la chute, les ronces. Du sang avait dû jaillir de l'arcade sourcilière et lui faisait sur la face comme une peinture de guerre tracée par un chamane ataxique. Les griffures de ronces complétaient le tableau, et la poussière du chemin avait posé là-dessus un masque blême que la sueur avait fixé en séchant comme un vernis crasseux. Elle le regardait avec curiosité. Il se demanda si elle allait le soigner.

Elle lui montra l'évier.

– Tiens, lave-toi un peu. Je vais faire du café puis je vais sortir les filles.

Elle parlait du troupeau.

– Déjà ?

– Le jour va bientôt se lever de toute façon. Tu peux prendre la couchette du fond.

Il hésita. Elle le rassura :

– Je monte la garde.

14.

Il dormit longtemps.

Quand il émergea, il était tellement courbatu qu'il eut du mal à se redresser. Sa langue lui faisait l'impression d'une éponge abandonnée trop longtemps au soleil. Ses jambes le lançaient à chaque mouvement. Les muscles de son dos semblaient avoir formé des nœuds compacts, ses clavicules subissaient une pression invisible, et une douleur cognait son crâne avec la régularité du marteau sur l'enclume. Il se leva lentement.

Le soleil avait déjà commencé à descendre, allumant de minuscules lanternes à la surface de la prairie, là où les brebis n'étaient pas encore allées. Les graminées balançaient doucement la courbe de leurs tiges et leurs épis oscillaient, accrochant la lumière dans leurs soies.

Mathilde était debout dans le soleil, surveillant son troupeau. De temps à autre elle criait un ordre aux chiens dans sa langue occulte. Il lui fit un signe de la main. Elle le regarda sans lui rendre son signe, mais il commençait à la connaître et il interpréta son regard comme une invite. Il marcha vers elle avec précaution. Aussitôt un des patous se dressa sur son chemin, montrant les crocs. Stan savait qu'il devait éviter tout mouvement brusque. Il s'arrêta et regarda en direction de Mathilde.

– Parle-lui.

– Je lui dis quoi ?

Elle ne répondit pas. Elle n'avait pas dû entendre. Il se mit à dire n'importe quoi, que le chien avait l'air d'un bon chien, qu'il veillait bien sur son troupeau mais que lui, l'homme, n'était pas un ennemi, qu'il connaissait d'ailleurs sa maîtresse, et que s'il voulait bien le laisser passer...

Le chien se mit à aboyer. Mathilde réagit.

– Il faut pas le regarder dans les yeux. Jamais.

– C'est gentil de me dire ça maintenant.

Elle appela le chien et Stanislas put la rejoindre. Elle fit une grimace en le voyant.

– J'ai toujours une sale gueule ?

– Ça doit être la lumière.

Il s'assit près d'elle. Pas trop près. Elle aussi était « un peu sauvage ».

– Je préfère que tu te mettes de l'autre côté.

– Ah bon.

– C'est le côté de ma bonne oreille.

Il se déplaça, mais il n'avait plus grand-chose à lui dire de toute façon.

Le spectacle du troupeau l'apaisait. C'était comme regarder une rivière ou un feu de bois. Les sonnailles, dont le tintement régulier évoquait celui des ralingues sur les mâts dans un port à l'approche d'un grain, contribuaient à l'hypnose légère dans laquelle la scène le plongeait. Il faut dire qu'il avait faim et soif.

– J'allais manger, dit-elle.

Il ne répondit rien.

– Tu n'as rien avec toi, j'imagine ?

– Des noix et un saucisson. Et des sardines.

Il reprit tristement :

– Quand tu redescendras ce serait bien que tu cueilles mes tomates. Et j'ai six ou sept courgettes qui doivent être à point. Ce serait dommage de les perdre.

Ça sonnait un peu comme un adieu, ou du moins un long au revoir.

Ils partagèrent le casse-croûte de Mathilde et il lui raconta : sa colère après la mort de Tarzan, Castagnary, le regard de la Hollandaise, l'incendie, le Beretta perdu, l'homme dans le puits. Elle hocha la tête lentement.

– Qu'est-ce que tu vas faire ?

– Aucune idée.

– Tu peux rester un peu ici, peut-être.

– C'est trop près. Ils vont y penser. Je suis sûr qu'ils vont venir.

Un voile d'inquiétude passa dans le regard de Mathilde. Elle le regarda et vit qu'il ne quittait pas des yeux l'orée du chemin.

– Tu crois pas qu'ils vont laisser tomber ?

– Comment savoir ? Je n'arrive pas à me mettre à leur place.

Il soupira.

– Ils ne sont pas rationnels.

– Toi tu es rationnel ?

– Je crois, oui.

Elle eut une moue sceptique.

Il resta silencieux, se demandant s'il était rationnel ou non, finalement, et si elle se foutait de lui.

– Et rationnellement, tu ferais quoi, là, maintenant ?

Elle se foutait de lui.

– Tu as raison. J'arrive plus à réfléchir.

– Et intuitivement, comme ça, sans réfléchir ?

Maintenant elle jouait les psys. Elle lui rappelait précisément la psy du régiment, à Gap. Il l'avait beaucoup vue après son rapatriement. Après la mort de Nedjma. Ça lui faisait du bien de la voir, même s'il ne lui parlait pas. Souvent, lors des séances, il avait envie d'éclater en sanglots. Mais plus il avait envie de pleurer, plus il se raidissait. Plus il avait envie de se blottir dans les bras de cette femme, plus il se montrait hostile. Et plus elle voulait l'aider, plus il s'en voulait de ne rien lui donner en échange de sa générosité, et plus il s'en voulait plus il était mal, et moins il parlait plus il avait envie de crier, mais il ne criait pas, alors il convoquait des images de couteaux et il ne pensait qu'à une chose, se planter un couteau dans la main, chaque fois, tout le temps, un couteau planté au milieu de la main, un couteau planté dans le cœur, et alors il la quittait plein de colère, et quand elle n'était plus là, il voulait s'excuser et il sentait qu'il avait besoin d'elle et il voulait le lui dire, mais il ne lui dit jamais. Elle fut mutée en Allemagne et lui, il quitta l'armée définitivement peu après.

– Sans réfléchir ? Je partirais loin d'ici.

– Tu sais que si le type du puits est... décédé, ou s'il est vivant mais abîmé, et qu'il décide de porter plainte, tu ne seras jamais tranquille. Tu seras recherché par les flics, et pas seulement par une bande de chasseurs débiles.

– Je ferai attention. Je resterai à l'écart. Je me fondrai dans le paysage.

– Ah oui et j'imagine que tu sais comment survivre en pleine nature ?

– J'ai des petites notions.

Elle le regarda.

– Je vois ça.

– Je n'étais pas préparé.

– Et tu crois que c'est facile, de disparaître ?

– Je te raconterai.

Le silence s'installa : ils savaient tous les deux qu'il ne lui raconterait rien du tout, parce qu'ils ne se reverraient jamais. Il se dit qu'il ferait bien de partir maintenant, mais une sorte de torpeur s'insinuait en lui.

C'est elle qui parla.

– Tu veux rester ici cette nuit ? Les filles n'ont pas encore tout mangé. Et moi il me reste encore un minimum, on peut partager.

Il hésita.

– Je sais pas si c'est prudent. Ces mecs peuvent arriver d'un moment à l'autre (il montra du menton l'orée de la prairie). Ils peuvent arriver à pied en pleine nuit, et on ne les entendra pas.

– Les brebis les entendront, et elles nous réveilleront.

– La cabane est trop loin de la bergerie.

– J'ai une autre idée.

– Dis.

– Si tu dors dans la bergerie, ils n'iront pas te chercher là-bas.

Il était déçu mais ne le montra pas.

– Pas con.

– Je sais.

Il profita de ce qu'il restait de lumière pour explorer les parages. Trois chemins quittaient Bures. Le premier partait de la bergerie et disparaissait au creux du vallon où il s'en allait sinuer de bois en bois en direction de La Motte. Stanislas ne l'aimait pas beaucoup. Parce qu'il le rapprochait trop de la ville, et parce que sa trajectoire manquait de simplicité. Il y voyait mille embuscades possibles et autant d'impasses.

Du côté opposé, un chemin plus large descendait vers la cabane de Clermont et le carrefour en étoile qui pouvait mener vers Montjay, Saint-André, le col de l'Enclus... ou Rochebrune et Saint-Ferréol. C'était un carrefour trop familier, qui le rapprochait de sa maison détruite alors qu'il voulait s'en détourner. Y penser lui était douloureux. Un jour, il était retourné voir la maison où il avait passé cinq années de son enfance, dans la Somme. Il s'était garé de l'autre côté de la route et il était resté là un moment, hésitant à descendre pour aller frapper à la porte. Et puis des enfants étaient sortis en riant. Ils s'étaient mis à jouer dans le jardin et ils avaient l'air heureux, et ça lui avait fait un coup au cœur, comme s'il venait de comprendre qu'il n'avait plus sa place en ces lieux, qu'il était une sorte de spectre et que la maison avait une vie propre et qu'il n'en faisait pas partie. Il avait démarré et conduit pendant des kilomètres avec la gorge serrée à lui faire mal. À la station-service où il s'arrêta plus tard dans la nuit, il avait essayé de prononcer le numéro de la pompe à laquelle il s'était servi, mais rien n'était sorti. La fille l'avait pris pour un débile. Depuis il avait toujours veillé à ne pas se retourner sur son passé.

De toute façon il voulait mettre de la distance entre les types et lui. Il regarda le troisième chemin. Une diagonale parfaitement rectiligne qui reliait le vallon à la crête. Il gravit la partie la moins abrupte sur quelques dizaines de mètres, et il se dit qu'en situation de retraite rapide, c'était la pire des solutions : il serait lent, rapidement épuisé, longtemps à découvert : une cible facile. Si les types montaient à Bures, le mieux serait encore de se planquer quelque part et d'attendre qu'ils partent. Mathilde lui montra où il pourrait dormir. Au fond de la bergerie, quelques meules de foin étaient entreposées, séparées des bêtes par une barrière métallique. Il n'aurait qu'à s'étendre sur la paille.

– Est-ce que... tu veux que je te laisse le fusil ?

– Non, c'est mieux que tu le gardes.

– Tu penses partir tôt demain matin ?

– Oui, je voudrais partir juste avant l'aube.

– Tu sais dans quelle direction tu iras ?

Il secoua la tête.

– Tout ce que je sais, c'est que je ne retournerai pas en bas.

– Je comprends.

– Merci pour tout.

Il la regarda dans les yeux un peu plus longtemps que nécessaire, attendant une réponse, espérant il ne savait quoi, ou plutôt il savait, il se disait qu'elle pourrait dormir là elle aussi, il lui laisserait volontiers un peu de foin – mais elle ne devait pas penser à la même chose parce qu'elle dit « bonne nuit » et s'éloigna. Elle se retourna pour ajouter :

– Ferme bien la porte derrière moi.

Quand la porte fut fermée il se sentit seul. En plus il avait oublié de lui dire où il cachait son herbe et son whisky.

15.

Il était tombé dans le puits la tête la première et ne pouvait se remettre debout. Sa bouche était pleine de terre et de l'eau suintait du fond et il avait du mal à respirer, et l'eau montait et ses bras étaient trop faibles et il ne parvenait pas à changer de position et son nez se remplit d'eau.

Il se réveilla en sursaut.

Il faisait chaud et les brebis étaient agitées.

Il écouta. Elles avaient pu entendre un renard ou une fouine. Peut-être un loup. Il se leva et marcha jusqu'à la porte, le plus doucement possible pour ne pas créer d'agitation supplémentaire. Il l'entrouvrit doucement et jeta un œil à l'extérieur. Il s'attendait presque à voir apparaître les phares d'un engin de chantier perforant la lisière en longues flèches de lumière dans un bruit de tonnerre. Mais tout était calme. La stridulation régulière des grillons donnait des contours au silence. Le ciel était clair. On y voyait assez pour se déplacer dans la prairie sans l'aide d'une lampe.

Les brebis s'étaient calmées. Il referma la porte avec précaution mais il ne se recoucha pas. Il n'avait plus sommeil. C'était le moment de partir.

Il sortit lentement de la bergerie et referma derrière lui. Il leva les yeux vers la cabane. Il y avait de la lumière. Il décida de faire des adieux corrects à Mathilde et de lui dire pour l'herbe et le whisky.

Il scruta les alentours en un lent panoramique sur la prairie, puis se dirigea vers la cabane. Il n'était pas encore au bas des marches quand il entendit une voix.

C'était une voix d'homme et elle venait de l'intérieur.

Ils étaient là.

Comment avait-il pu ne pas les entendre ? Ils avaient dû arriver par le chemin de Saint-André, ce chemin tortueux qui conduisait directement à la cabane, tandis que lui s'attendait, sans aucune raison objective, à les voir sortir du bois de l'O.N.F. Elle avait raison : il n'était pas rationnel. Il n'était même pas capable de réfléchir correctement. Il rebroussa chemin avec de grandes précautions. Puis il s'arrêta : pouvait-il laisser Mathilde avec ces dingues ? Était-il sûr, à cent pour cent, qu'elle ne risquait rien ? Certes, ils n'avaient rien contre elle. Mais il savait à quel point ces hommes étaient imprévisibles. S'il partait maintenant, il vivrait chaque jour avec cette incertitude.

Il se glissa sous l'escalier, puis entre les pilotis qui soutenaient l'édifice. Les voix lui parvenaient étouffées mais l'une d'elles dominait et c'était celle de Casta. Une épaisse feuille d'isolant agrafée au plancher l'empêchait de comprendre exactement ce qui se disait. Un rai de lumière lui indiqua une ouverture dans la couche de laine de chanvre. Il se baissa et avança à quatre pattes dans la poussière et les toiles d'araignées. Il se posta sous l'ouverture. L'écart entre les planches ne lui permettait pas de voir grand-chose, mais il pouvait entendre la conversation.

– Nous, on lui veut pas de mal.

– Vous fatiguez pas, puisque je ne l'ai pas vu.

– Ah bon. Pourtant vous avez l'air de bien vous entendre.

– C'est le propriétaire de la bergerie que mes patrons louent tous les ans. C'est tout.

– Le gamin l'a vu vous rapporter des affaires. Des vêtements que vous aviez oubliés chez lui, peut-être ?

– Comment ?

– Vos fringues. Chez lui.

– Et alors quoi ?

– Rien. C'est votre vie privée, je respecte.

– Je me fous de votre respect.

– Restons polis. Je suis poli, moi. Non ?

– Vous débarquez en pleine nuit armés jusqu'aux dents pour me parler d'un type que je connais à peine. Je sais pas où ça se situe exactement sur l'échelle de la politesse, mais moi j'aurais tendance à trouver ça plutôt déplacé.

– Pas la peine de faire des phrases. Il est où ?

– Il faut vous le dire comment ? J'en sais rien et je m'en fous !

Stanislas admira son aplomb. S'il avait été dans la pièce, il aurait vu la tension dans ses traits, et le regard de Casta qui ne la lâchait pas. Il aurait surtout vu le géant chauve qui restait posté devant la porte d'entrée comme il l'avait fait au chalet, comme si les rôles avaient été distribués à l'avance et qu'il avait eu celui du vigile. C'est lui qui parla à ce moment-là.

– Elle ment. Ça se voit.

– Qu'est-ce qu'il dit, lui ?

– Il dit que vous mentez.

– Il est médium ?

– Pas besoin d'être médium pour voir que vous vous foutez de nous, reprit Casta. Vous êtes très expressive. Je dirais même que vous avez un beau visage expressif. Vous êtes vraiment une belle fille, vous savez. Je comprends notre ami... Ça doit vous peser, la solitude, pendant l'estive ? Ça doit paraître long pour une belle fille comme vous.

La conversation prenait une tonalité très déplaisante. Pourtant Kosinski ne bougea pas. Il pensait connaître ce genre d'hommes. Tout seul, Casta aurait peut-être tenté quelque chose. Mais devant ses amis il avait sans doute peur de devoir battre en retraite. Il préférerait ne rien tenter plutôt que de s'exposer à une humiliation. Oui mais voilà. Le problème avec les hommes, c'est qu'ils ne sont jamais complètement prévisibles. Si malgré tout Casta tentait un geste, et si Mathilde le rembarrait, Casta ne voudrait pas perdre la face et il pourrait devenir violent. Et à partir de là, nul ne pourrait prédire le tour que les choses allaient prendre. Il avait vu des hommes parfaitement policés, des citoyens éduqués, courtois, respectueux de la loi, se transformer en bourreaux pervers et sans limites.

Et il avait vu Tarzan baignant dans ses tripes sanglantes.

Il suffisait qu'une digue cède, il suffisait même d'une infiltration, d'une goutte d'eau, pour que la civilisation se révèle pour ce qu'elle est : non une charpente puissante, non le socle inaltérable de la société et des individus qui la composent, mais une enveloppe fragile, un vernis superficiel, une coquille d'œuf que pouvait briser le poing du plus faible des hommes.

Stan sortit lentement son couteau de l'étui qu'il portait à la ceinture. C'est alors qu'il entendit une troisième voix.

– On n'a qu'à l'attendre ensemble ?

C'était formulé comme une question, mais ça sonnait comme une menace. C'était la voix du boucher. Casta reprit.

– Bonne idée. On va l'attendre ensemble. Et puis s'il ne vient pas, on aura quand même passé un bon moment, hein ?

Mathilde parla et sa voix tremblait.

– Je dois sortir le troupeau.

– Il attendra, le troupeau. Il est bien au chaud, il a de quoi manger, et puis il ira pas raconter à votre patron que vous l'avez laissé à l'ombre un peu trop longtemps, si ?

– Allez-vous-en.

Au ton de sa voix, Stan comprit deux choses : d'abord qu'elle tenait le fusil dans ses mains ; ensuite qu'elle n'allait pas s'en servir. Elle ne tirerait pas sur un homme, un homme qui la regardait dans les yeux. Et même si elle osait, ils étaient trois et ils étaient tous armés. Elle était coincée. Si lui le devinait, Casta le savait. Il reprit :

– Alors ce que je propose, c'est qu'on pose tous nos fusils et qu'on discute tranquillement, comme des gens civilisés. Ça vous va ?

– Non. Vous partez. Tout de suite.

Elle avait peur, il l'entendait. Et les autres le voyaient. Peut-être même qu'ils en jouissaient. Deux pas rapides sonnèrent sur les planches. Stan entendit une gifle et un cri. Casta avait dû s'emparer du fusil. Stan entendait mal. Le rai de lumière avait disparu : l'interstice entre les planches devait être obstrué par le pied de Casta. Stan pensa à révéler sa présence pour en finir. Mais son bras devait en avoir décidé autrement car le couteau de chasse traversa en une fraction de seconde l'espace qui le séparait du plancher, passa entre les lattes et traversa de part en part la botte de Casta. La lame crantée se retira aussitôt. Il y eut un hurlement atroce. Le sang commençait à imbiber l'épicéa brut du sol, suivant les circonvolutions du bois. Les autres ne comprirent pas tout de suite. Il y eut un moment d'extrême confusion. Stan en profita pour s'extraire du soubassement de la maison et courir jusqu'au chemin, celui qu'il ne voulait pas prendre. Derrière lui des bottes martelaient le porche. Casta hurlait toujours mais la rage se mêlait désormais à la douleur. Une détonation claqua. Mathilde avait dû reprendre son fusil et tirer en l'air. Peut-être pour se rassurer, sans doute pour lui faire comprendre qu'elle allait bien et qu'il pouvait partir.

Il dévalait le chemin à l'aveugle. Des branches lui cinglaient le visage et des racines s'agrippaient à ses pieds. Il ralentit : il ne voulait pas qu'ils perdent sa trace. Il fallait d'abord les éloigner de Mathilde. Un virage lui révéla une longue clairière en contrebas. Il ne pourrait la traverser sans se découvrir. Il pouvait peut-être prendre de la vitesse, mais ils seraient toujours derrière lui. Il se dit que la poursuite ne cesserait que s'il faisait un choix en apparence illogique. Pour l'heure, la pente semblait choisir pour lui et l'aidait dans sa fuite. Mais la pente aidait aussi ses poursuivants. Il stoppa quelques instants pour écouter. Puis il revint en arrière sur quelques dizaines de mètres et s'engagea dans le taillis qui bordait le sentier du côté du flanc rocheux. La végétation y était inextricable, et c'était ce qu'il voulait. Il grimpa encore sur quelques mètres et s'immobilisa. Quelques secondes plus tard, les pas de deux hommes piétinaient le sentier au pas de course. Casta suivit, quelques minutes plus tard, haletant des jurons mêlés de bave, de larmes et de haine.

Accroupi dans son cocon hirsute de branches et d'épines, Stan laissa retomber le silence et attendit le lever du jour.

16.

Il marcha toute la journée sans s'arrêter. Au matin il avait trouvé un passage et avait pu gagner la crête. Là-haut, le vertige et le vent l'avaient saisi d'un coup. L'étroite vallée de Pommerol s'étalait à ses pieds, avec sa petite route qui brillait dans le soleil comme un ruban doré, mais il s'en foutait. Il était revenu sur ses pas : il voulait s'assurer que Mathilde allait bien. Non : il avait eu envie de la prendre dans ses bras. La remercier et lui demander pardon, mais surtout la prendre dans ses bras. Il n'avait serré personne dans ses bras depuis des années, et à ce moment précis il avait senti à quel point cela lui avait manqué. Mais il savait aussi ce qu'il aurait risqué à retourner là-bas. C'était déjà une erreur d'y avoir passé la nuit. Mathilde allait lui en vouloir : il l'avait mise en danger. Malgré tout, il était revenu sur ses pas par la crête, surplomb parallèle au chemin de sa déroute nocturne.

Arrivé au-dessus de la bergerie, il se coucha dans l'herbe comme un guetteur indien. Mathilde était là, tout en bas, flanquée de son patou, appuyée sur sa houlette, guidant son troupeau comme Esaü dans la Bible illustrée qu'il feuilletait chez sa grand-mère en Picardie. C'était l'un des deux livres de la maison. L'autre était l'*Almanach lunaire du jardinier*.

Mathilde était là et la moitié du troupeau avait déjà disparu sur le chemin d'en bas. Il aurait voulu l'appeler, lui dire de l'attendre, dévaler la pente dans une course périlleuse et grotesque, s'arrêter devant elle le souffle court, respirer un grand coup et lui demander pardon. Mais il la connaissait suffisamment pour deviner qu'elle s'en agacerait. *Arrête de t'excuser*, lui dirait-elle. *Je suis assez grande pour décider de ce que j'ai à faire. Qu'est-ce que tu crois.*

La vérité c'est qu'il se demandait ce qui s'était vraiment passé dans la cabane avant qu'il arrive et plante son couteau dans la botte de Casta. Combien de temps avait-elle été seule avec ces hommes ? Il se souvenait avec précision de l'impression violente qu'ils avaient produite sur lui quand ils s'étaient invités au chalet, et il se dit qu'elle avait dû éprouver la même chose, en pire. Et que ça ne s'était peut-être pas arrêté là. Est-ce qu'ils l'avaient touchée ? Avaient-ils essayé ? Est-ce pour cela qu'elle avait attrapé son fusil ? L'avaient-ils frappée avant de quitter la cabane à sa poursuite ? En tout cas elle s'était sentie menacée, c'était sûr, et c'était sa faute et il s'en voulait pour ça. Des images se formèrent devant ses yeux malgré lui. La grosse patte de Casta se posant sur la bouche de Mathilde, l'autre main pétrissant un sein à travers le coton du t-shirt ; le regard allumé du boucher attendant son heure et puis d'autres images encore, plus viles, plus crues, qui l'écœuraient mais qu'il se repassait en boucle et c'est pour ça, peut-être, qu'il se sentait coupable et qu'il aurait voulu s'excuser, autant qu'il aurait voulu qu'elle le rassure : *non, il ne s'était rien passé.*

Le troupeau avait maintenant quitté le pré. Le chien se retourna comme pour vérifier qu'il n'avait oublié personne. Mathilde l'imita, jetant un dernier regard en arrière. Mais à cette distance Stanislas ne pouvait distinguer son visage. Mathilde suivit son chien et disparut à son tour derrière le mamelon. Déjà les sonnailles s'étaient tues, avalées par le dénivelé. Stanislas resta là un moment, hébété de solitude. La prairie mangée aux trois quarts lui parut d'une tristesse infinie. Les fenêtres de la cabane étaient masquées par des panneaux de bois. Derrière la porte désormais verrouillée ne devaient subsister que l'odeur de la lampe à huile, un sentiment d'abandon, et un peu de sang sur le sol.

Mais déjà le vent refroidissait ses muscles. Il ferma sa veste et repartit, cheminant comme un funambule entre la plaine de Pommerol et la colline qu'il avait aimée.

Il passa la nuit suivante dans une cabane forestière. L'air était doux et il n'eut pas besoin de faire un feu. Quand il se réveilla, il avait faim mais il ne s'en inquiéta pas. Il savait que son organisme pouvait largement puiser dans ses réserves. Et puis le jeûne stimulait les défenses immunitaires. Après tout, il s'était un peu trop laissé aller ces dernières années.

Il but au ruisseau qui coulait à quelques pas de la cabane. Il chercha dans l'unique pièce de quoi se faire une gourde, mais l'endroit ne comprenait qu'une table, deux bancs, une cheminée, deux bougies et un tas de bois.

Il but à nouveau et entreprit l'ascension d'un chemin qui partait de la cabane et montait en zigzag à travers une haute futaie. La pente était raide et il marchait lentement, un pas après l'autre, sans penser à rien, juste le rythme de ses pas sur le sol et leur écho dans ses jambes, dans son dos, son esprit. Il avançait en regardant le sol. Il préférait progresser ainsi à petits pas lents, plutôt que de s'arrêter toutes les cinq minutes pour reprendre son souffle et détendre un instant ses muscles tétanisés par l'effort.

Le sentier n'en finissait pas. Stan se dit qu'il aurait dû en choisir un autre, et pourtant, il le savait, la difficulté même du chemin le protégeait. Il se demanda même qui, dans les années récentes, avait bien pu passer par là. Même un quad aurait peiné sur cette pente. Un 4×4, n'en parlons pas. Pourtant la voie était large et bien tracée, sans doute par les engins de l'O.N.F. Peu après, il traversa une zone où les arbres étaient marqués comme du bétail. Les grands chiffres rouges lui disaient qu'il n'était pas encore assez loin.

La journée se passa ainsi. Puis le dénivelé s'adoucit, la futaie s'éclaircit et il déboucha dans une clairière encore ensoleillée. Son souffle était court et il avait faim. Il avait décidément perdu l'endurance acquise à l'armée au prix d'entraînements qui l'avaient parfois poussé à l'extrême limite de ses forces physiques et morales. C'est pourtant le souvenir de ces marches forcées, de ces traversées hivernales de paysages désolés, de ces nuits passées dans un trou creusé dans la terre gelée, à tenter en vain d'y réchauffer son corps transi par la traversée d'un cours d'eau ; c'est de savoir que la limite peut toujours être repoussée un peu plus loin ; c'est, inscrite dans son corps, la mémoire de ces efforts insensés produits bien après l'épuisement des forces, qui lui permit d'avancer encore.

Il traversa la clairière et trébucha sur une pierre dissimulée dans l'herbe haute. Il allait se relever mais il se trouva bien comme ça, allongé sur le sol, le corps enfin relâché sur un matelas de graminées qui valait bien des lits de camp. Il reprit son souffle, laissant les herbes imprimer leur double sur sa joue. La pierre qui l'avait fait trébucher était un énorme morceau de roche taillée. Il se dressa sur un coude ; il y en avait d'autres alentour. Ces blocs portaient indéniablement la trace de la main et de la volonté humaines. Il se trouvait au beau milieu d'un très ancien hameau. Seul un mur tenait encore debout, maintenu en l'état par la végétation qui l'avait recouvert comme un cocon. Le lierre et le liseron formaient une espèce de monstre aux tentacules innombrables, en croissance perpétuelle, s'enroulant sur lui-même en une sorte de coït incestueux, monstre avide de lumière et d'eau se haussant vers le ciel, se dépliant sous terre, nœud de vipères aveugles, poursuite vorace de la vie, dénuée de conscience et en cela terrifiant. Pourtant ce pan de mur malade prisonnier d'une camisole végétale lui rappelait la maison rêvée de son enfance, ce qu'il concevait depuis comme l'essence même de l'idée de maison, la petite ferme idéale, couverte de vigne vierge, que l'on voyait sur la couverture du livre dans lequel il avait appris à lire.

Il s'étonna qu'un groupe d'humains ait choisi de s'installer aussi loin de tout. Le hameau avait dû s'ériger sur une route entre deux villages. Et il y avait forcément une source à proximité. Il remonta la pente dans le sous-bois, à l'affût de la moindre trace d'écoulement sur le sol. Il devina l'emplacement d'une grande maison qui était même dotée d'une cave. Il pensa s'y réfugier pour la nuit, mais il ne pouvait se défaire de l'idée que l'édifice pouvait s'effondrer sur lui pendant son sommeil. Certes, ces ruines étaient là depuis des siècles, et les bâtisses s'étaient effritées à un rythme très lent. Mais il suffisait d'être là au mauvais moment... Sa présence même pouvait rompre le précaire équilibre qui avait maintenu cette cave intacte depuis des siècles. Il songea à l'homme qu'il avait poussé dans le puits, il pensa au froid et à l'obscurité, il imagina quelqu'un passant à un mètre de lui sans savoir qu'il était là, agonisant, terrifié, impuissant, la bouche déjà emplie de terre, criant le cri silencieux des cauchemars. Il frissonna.

Déjà la nuit tombait sous les frondaisons. Il s'étendit contre un lambeau de mur, posa la tête sur son sac et s'endormit.

17.

Il fut réveillé par une odeur de feu. Il faisait encore nuit. D'abord il ne bougea pas, essayant de deviner d'où provenait la fumée. La lune était sortie et ses rayons droits comme des stucs baroques transperçaient les cimes. De longs rameaux hérissés de lichen s'inclinaient comme des lianes au-dessus de lui, dans une imitation de décor gothique. Il se demanda où les gens du village avaient enterré leurs morts. Il chassa cette idée quand la fumée, rabattue dans sa direction par une brise tiède, apparut dans les rayons de lune. Il se leva, prit son sac et suivit la piste que lui indiquait le vent.

Bientôt il ne vit plus la fumée. Il tenta de garder le cap malgré tout. Il trouva plusieurs sentes, mais toutes finissaient par l'entraîner dans un enchevêtrement végétal inextricable. La forêt s'obstinait et son moral en eût été atteint s'il n'avait continué à percevoir, même infime, l'odeur du feu. Il arriva dans une partie du bois dont le sol faisait une sorte de dépression soudaine. De ce petit ravin obscur montait une puissante odeur d'humidité. L'air y était plus froid. Il suivit le bord du ravin vers le haut et entrevit un peu de clarté entre les troncs des chênes. C'était l'herbe pâle d'une autre clairière, en pente douce, elle aussi orientée vers le sud. Dominant le pré, la silhouette bancale d'une antique maison de pierre se découpait sur le ciel. Aucune fumée ne montait de la cheminée. Stan s'approcha prudemment. La maison était plus récente que les restes épars du hameau en contrebas. Un des villageois avait dû rester, bien après l'événement qui avait fait partir tous les autres. Stan avait entendu parler d'épisodes de choléra dans la région jusqu'à la fin du XIXe siècle. Certains villages avaient été décimés, et c'était peut-être ce qui était arrivé à celui-ci. Mais quelqu'un avait survécu, qui était resté malgré tout, assez longtemps pour entretenir sa maison. Jusqu'à quand ? L'édifice se composait d'un petit bâtiment central d'un étage, d'une grange et d'un appentis effondré. Une portière de voiture des années 1930 ou 1940 gisait sur les décombres, près d'un sommier métallique dévoré par la rouille. Par endroits le toit avait été rafistolé avec des plaques de tôle ondulée maintenues par de lourdes pierres. Côté nord, le bord de la tôle avait été percé à intervalles réguliers, et on y avait passé des fils de fer auxquels étaient suspendues d'autres pierres, réduisant encore la prise au vent. La porte de la grange avait été tellement malmenée par des décennies de soleil et de pluie qu'elle paraissait devoir tomber en poussière à tout moment. Le linteau qui la surplombait semblait à peine plus solide, mais un étai métallique le soutenait. Impossible de dire quand il avait été posé. Une bêche et une pioche très anciennes étaient appuyées sur le mur, près d'une paire de chaussures qui semblait fossilisée. Stan fit lentement le tour de la baraque. L'obscurité ne lui permit pas de voir l'inscription portée au feutre sur une planche clouée au-dessus de la porte d'entrée : « ATTENTION MAISON PIÉGÉE ». En revanche, à l'arrière de la maison, il put identifier une petite caravane des années 1960. Et plus haut sur le terrain, une citerne d'eau qui lui confirma qu'une source se trouvait à proximité. La citerne était en plastique. La maison avait dû être occupée encore récemment. Mais la canalisation qui menait à la maison était hors d'usage. Dans la cour, l'amoncellement de gravats, de meubles, d'outils que les ronces avaient agglomérés en une sorte de nœud compact et infranchissable disait que la maison était abandonnée. Oui, mais il y avait eu cette odeur de fumée. Stan regarda tout autour : aucun autre bâtiment n'était visible. Il se demanda si Castagnary et ses copains n'avaient pas bivouaqué dans les parages. Après tout, son itinéraire était sans doute trop prévisible. Stan s'accroupit dans l'herbe près de la citerne et resta immobile. Tout était silencieux. De temps en temps un lézard ou un mulot faisait bruisser l'herbe, mais c'était tout. Son regard allait et venait entre la caravane et les fenêtres étroites de la masure. Rien ne bougeait. Aucune lumière ne filtrait. Il repensa à celles et à ceux qui avaient choisi de s'établir là, et qui avaient transformé leur rêve en travail. Cette obstination lui paraissait à la fois admirable et insensée. L'effort n'était pas à la mesure de l'individu. Il avait fallu, pour y consacrer sa vie, avoir une notion de l'existence qui dépasse l'échelle imposée par la mort. Il avait fallu penser en termes de famille, de descendance, d'héritage, peut-être de clan. L'homme qui avait découvert cet endroit sauvage et beau avait dû passer sa vie à le rendre habitable pour ses enfants, et ne jamais douter que ces derniers poursuivraient l'effort après lui.

L'esprit de Stan divaguait à la mesure de l'immobilité de son corps. Il attendit que la lune passe le toit de la maison et regarda sa montre. Il était là depuis une heure et déjà les oiseaux annonçaient l'aube.

Il se leva et redescendit vers la maison, chaque pas le plus léger possible. Arrivé devant la porte, il respira profondément et l'ouvrit d'un coup de pied.

Il se trouva face au canon d'une carabine .22 long rifle.

Décidément. C'était une manie.

– Ne bougez pas.

L'ordre était superflu. La voix, caverneuse, était celle d'un homme qui n'a pas parlé depuis longtemps. Stanislas Kosinski leva les mains. Il éprouvait un sentiment d'incongruité qu'il ne s'expliquait pas et qui teintait sa peur d'une nuance d'inquiétude. Car il avait peur. De fait, c'est souvent l'effet que produit l'embouchure d'un canon pointé sur votre poitrine. À moins que vous ne soyez fou. Stan avait toujours détesté les héros de cinéma qui, sous la menace d'une arme à feu, se mettaient à bavasser, un sourire accroché aux lèvres, le cool incarné, prenant un ascendant psychologique sur leur adversaire, avançant jusqu'à ce que le canon leur presse le sternum – avant, en général, de s'emparer de l'arme d'un geste parfaitement exécuté. Non : sous la menace d'une arme à feu, c'est-à-dire devant la possibilité imminente de l'anéantissement pur et simple de tout ce qui vous constitue comme être vivant, on a peur.

Et Stan avait peur.

Chose étrange, à ce moment précis il craignait de mourir sans avoir mis le doigt sur ce qui le chiffonnait dans la voix de cet homme plongé dans l'ombre. Puis il comprit. Ce n'était pas la voix. C'était la négation. Le « ne ». N'importe qui aurait dit : « bougez pas », ou simplement « bouge pas ». Or l'homme avait dit « ne bougez pas », il en était sûr. Cela faisait l'effet d'un type en smoking sur mesure dans la cour d'une ferme.

L'homme se taisait. Stan sentit qu'il hésitait.

– Entrez.

Stan ne discuta pas.

– Fermez et tournez-vous face à la porte.

Stan obéit.

– Qu'est-ce que vous faites ici ?

– De la randonnée.

– La nuit ?

– Il fait plus frais.

L'homme considéra la tenue de Stan, dont l'essentiel venait de son paquetage de soldat.

– Vous n'avez pas l'air d'un randonneur.

– Je vous assure. Je suis un militaire à la retraite qui fait de la randonnée. C'est aussi simple que ça.

L'homme se taisait. Stan avait l'impression de l'entendre réfléchir et se dit que ça se présentait mal.

– Je suis désolé mais je crois que vous êtes arrivé au bout de l'exercice.

Stan se souvint d'une de ces conversations qu'il avait eues dans le désert avec Nedjma et un autre bidasse, qu'ils appelaient Schizo. Ça n'était pas méchant, tout le monde l'avait toujours appelé comme ça. Schizo avait entendu quelque part que la seule chance d'en réchapper lorsqu'on se retrouve désarmé face à un ennemi, est de le regarder dans les yeux. Il assurait qu'il était particulièrement difficile de tuer un homme qui vous regarde en face. C'est le genre de choses dont ils parlaient pendant les heures de repos. Schizo était mort quelques semaines plus tard, dans l'accident qui avait coûté la vie à Nedjma. Leur véhicule avait explosé sur une mine artisanale. Pendant la cérémonie, Stan avait repensé à cette conversation. Il s'était dit que la guerre moderne est conçue pour que les adversaires n'aient jamais l'occasion de se regarder dans les yeux.

Mais là, sur cette colline, dans cette masure effondrée, à quelques mètres d'un homme dont il devinait la peur, il avait peut-être une chance. De toute façon, pas question de laisser cet ermite paranoïaque lui tirer dans le dos.

Il se retourna lentement.

L'homme ne tira pas.

Stan reprit espoir. L'homme n'était pas sûr de lui, il hésitait. Il fallait s'engouffrer dans cette brèche et l'élargir. Comme le coin dans la fente d'un billot. Il repensa aux héros de cinéma.

– Je ne vous ai pas dit de vous retourner.

– Désolé. Je préfère avoir mon interlocuteur en face.

L'aube commençait à s'infiltrer par les interstices du toit. Il distinguait mieux l'homme à présent. Il eut le sentiment, confus mais insistant, de l'avoir déjà vu quelque part. L'homme était mince, presque sec, ce qui le faisait paraître plus grand qu'il n'était. Son visage était émacié. Une barbe hirsute lui colonisait les joues jusqu'aux pommettes. Ses cheveux longs lui faisaient la tête d'un mage de conte de fées. Stan se dit que s'il avait été moins crasseux, il aurait pu jouer les mentors dans un des romans de fantasy que lisait parfois Schizo, remettant quelque artefact occulte au jeune héros en quête d'un trésor, d'une princesse à délivrer ou d'une bête mythique à liquider. Le côté mage était cependant gâché par la carabine et la paire de lunettes rectangulaires qu'il portait sur le nez – le genre de modèle sans monture qui avait dû être à la mode dix ou quinze ans plus tôt chez les experts-comptables. Un des verres était fendu et les branches étaient tordues. Stan fixait l'homme, non pour déchiffrer son regard, mais pour tenter de savoir pourquoi ces lunettes lui paraissaient familières. Il sentit qu'il devait parler.

– Écoutez monsieur. Je vis seul, moi aussi, et je n'aime pas qu'on me dérange. Je n'ai pas l'habitude d'emmerder les gens qui ont envie qu'on leur foute la paix. Alors si vous voulez bien, je vais continuer ma route et faire exactement comme si je ne vous avais jamais rencontré. Je ne sais ni qui vous êtes ni de qui vous vous cachez, et ça ne m'intéresse pas. Dès que j'aurai franchi le col, je vous aurai oublié. Et je vous conseille d'en faire autant.

L'homme réfléchissait, immobile.

– Je vous le promets, ajouta Stan, s'en voulant aussitôt du ton de supplication enfantine qui traînait dans le sillage de ce mot.

– Je ne crois pas que ce soit possible, dit l'homme. Il avait l'air désolé. Il ne semblait pas prêt à presser la détente, mais il le ferait s'il n'avait pas le choix.

– Elle est chargée, votre carabine ? tenta Stan.

– Vous voulez parier ?

La situation risquait de s'éterniser. Dehors les oiseaux redoublaient d'ardeur à l'approche de l'aurore. Stan comprit que l'homme et lui résidaient pour ainsi dire dans deux temporalités différentes. L'ermite aux lunettes cassées pouvait faire durer indéfiniment ce moment d'indécision. D'ailleurs, l'irruption de Stan dans sa vie était peut-être la chose la plus exaltante qui lui soit arrivée depuis longtemps. Il semblait hors du temps. Il n'attendait rien, il n'espérait rien, il avait rompu tout lien avec le temps des hommes. Stan, lui, était pisté depuis plusieurs jours par des types armés. Il se pouvait qu'il les ait semés, mais ils pouvaient aussi bien être là, quelque part, à portée de fusil. Il fallait agir. Stan détestait l'idée d'être captif de cette maison aveugle : il ne pouvait s'y cacher, il n'avait aucune visibilité sur les alentours, et si ses poursuivants se présentaient, aucune possibilité de fuite.

L'ermite semblait réfléchir lui aussi. Une lumière poussiéreuse commençait à s'infiltrer dans la pièce, et Stan pouvait voir les yeux de cet homme qui avait poussé, bien plus loin que lui, le désir d'isolement. Il en conçut une sorte de pitié car cet isolement était, de toute évidence, subi : alors que l'endroit était d'une beauté saisissante (on devait être à 1 200 mètres d'altitude et le pré, entouré par les bois, formait comme un refuge aux contours arrondis qui dominait toute la vallée – une vallée sans route, uniquement fréquentée par les chasseurs et les troupeaux) ; alors que l'emplacement était idyllique jusque dans son orientation, l'homme n'avait pu ou voulu, pour des raisons qui lui appartenaient, le cultiver. Il était dans le plus bel endroit du monde et restait cloîtré dans une maison en ruine comme un champignon sur une planche pourrie. Stan se demanda comment il se nourrissait et c'est alors qu'il crut entendre, dans le lointain, le grelot d'un chien de chasse. L'homme n'avait pas dû entendre. Peut-être s'était-il trompé. Mais il ne pouvait pas prendre le risque.

– Écoutez-moi. Vous n'avez pas envie qu'on vous trouve. Moi non plus. Je crois que des gens se dirigent par ici. C'est moi qu'ils cherchent. Si vous me tirez dessus, ils n'auront qu'à suivre la direction du bruit. Par contre, si vous me laissez partir, c'est moi qu'ils suivront. Et vous, vous serez tranquille.

L'homme ne bougea pas. Il écoutait. Il dut entendre à son tour le grelot qu'apportait la brise irrégulière, car il tourna légèrement la tête pour mieux écouter. Il hésita, puis baissa le canon de son arme et tendit la crosse à Kosinski. Il avait l'air épuisé, presque au bord des larmes. Stan ne le lâchait pas du regard.

– Vous avez des munitions pour ça ?

L'homme prit sur une étagère une boîte que Stan n'avait pas vue et la lui tendit.

– C'est tout ce que vous avez ?

– Je ne m'en sers jamais de toute façon.

Stan ouvrit la boîte. Il manquait cinq balles sur les cinquante qu'indiquait l'étiquette Sellier & Bellot.

– Presque jamais.

L'homme serra la mâchoire mais ne dit rien. Dehors le grelot reparut à la faveur d'un coup de vent. Il semblait s'être rapproché.

– Si vous voyez des gens… Les gens qui me cherchent… Dites-leur que je suis descendu vers Saint-André.

– Je ne verrai personne.

Stan allait partir mais la curiosité l'emporta :

– Ça fait combien de temps que vous vivez ici ?

– Des années.

– Pourquoi vous n'avez pas de jardin ?

Au loin, un chien aboya.

– Merde.

– Vous feriez mieux d'y aller.

– J'ai besoin d'une couverture et d'une gourde.

L'homme lui tendit une vieille bouteille en plastique et une couverture trouée marquée des initiales du C.H.U. de Lyon. Il les fourra dans son sac et ouvrit doucement la porte. Sur quelques mètres, il serait caché par la maison à la vue des arrivants. Ensuite, il faudrait ramper, ou courir très vite. Il se retourna vers l'homme.

– Merci.

– Éloignez-les d'ici. S'il vous plaît.

Stan hocha la tête et sortit dans la lumière dorée. Une silhouette apparaissait sur le chemin. Heureusement la côte était raide, et l'homme progressait lentement. Mais le chien aboya : il l'avait repéré. Plus question de ramper : Stan prit son élan et gravit aussi vite que possible le pré qui jouxtait l'arrière de la maison. Il voulait atteindre la ligne des arbres au plus vite. Mais le chien était rapide. C'était un setter irlandais. Stan l'avait déjà vu dans les jambes du géant taciturne. Il se retourna et déjà le chien était devant lui. Stan se souvint des leçons de Mathilde, puis se dit que les chiens de chasse devaient être aussi différents des chiens de troupeau qu'un pasteur l'est d'un flic. Il improvisa et s'accroupit pour se mettre à la hauteur de l'animal ; il lui tendit sa main ouverte. Le chien cessa d'aboyer et flaira la main, et la main se mit à le caresser et Stan parla doucement et déjà le chien n'était plus un ennemi. Mais son maître avait atteint la maison. Il s'arrêta, regarda Stan quelques secondes, épaula et tira. Stan se jeta à terre. L'homme était à bout de souffle et sa poitrine se soulevait lourdement, entraînant les épaules avec elle. Ses bras tremblaient sans doute et le tir était imprécis. L'homme fit deux pas en avant et arma à nouveau. C'était le géant. Stan se jeta dans l'ombre du sous-bois. Une balle pulvérisa l'écorce d'un sapin sur sa droite. Stan roula sur le sol et se tourna vers son adversaire. Le géant avait à peine dépassé la ruine. Stan posa la boîte de munitions à côté de lui. Il l'ouvrit et saisit une balle, prenant le temps d'éprouver la douceur du métal entre ses doigts. Il glissa le projectile dans la chambre, actionna la culasse, pointa la carabine de l'ermite sur le point du pré où il pensait voir surgir l'homme au crâne lisse, éprouva la visée, et attendit. Pour plus de précision, il attrapa une branche en Y, la planta dans le sol et y posa le canon du fusil, comme sur un chevalet. Ce type d'arme était assez précis sur des distances courtes. De plus, celle-ci était équipée d'une lunette de visée. Il n'avait plus qu'à attendre.

Les deux coudes plantés dans le sol, il prit plusieurs respirations profondes. Son pouls ralentit. Il ferma les yeux quelques secondes et se demanda ce qu'il devait faire. D'une certaine manière, une partie de lui-même avait déjà pris la décision. Il était bien, allongé sur ce confortable tapis de feuilles et d'aiguilles, les muscles encore chauds, la joue posée sur l'acajou poli de la crosse, sous la protection des arbres, dans l'odeur enivrante de la sève, bien calé sur l'échine puissante de la colline. Il n'avait plus envie de bouger. Il aurait voulu pouvoir s'endormir là si l'envie lui en prenait. Ou marcher sans plus se retourner pour voir s'il était suivi. Son corps lui disait tout cela. Mais la raison en lui disait que s'il tuait cet homme il ne serait jamais tranquille. Il serait à jamais un fugitif. Pour le type du puits, il pouvait plaider l'accident. Mais là... On enverrait des flics, des hélicos, toute une armée, qui sait. On le trouverait tôt ou tard, et on le jetterait en prison. Plus personne ne disparaît à présent. Pas volontairement, en tout cas. C'était d'une tristesse presque comique, tous ces disparus volontaires qu'on finit toujours par retrouver, et tous ces disparus que l'on cherche et qui voudraient qu'on les trouve ou qui ne veulent rien du tout parce qu'ils sont morts, et qu'on ne retrouve jamais. Soudain il sut où il avait déjà vu l'ermite, l'homme qui lui avait inspiré une sympathie mêlée de pitié. Ces lunettes rectangulaires, il les avait vues sur la photo d'identité que tous les journaux avaient reproduite en une et placardée dans les rues et jusqu'au Super U. Cet homme hirsute avait alors les cheveux courts et les joues glabres d'un honnête paroissien bordelais. On l'avait cherché au Maroc et en Thaïlande, il avait été vu au Japon, on avait même cru l'arrêter à Istanbul et il était là, à deux cents mètres, terré dans une ruine qui n'était à personne, et Stan tenait dans ses mains l'arme qui lui avait servi à tuer son père, sa femme, leurs deux enfants et le chien de la famille. Pourquoi le chien ? se demanda Stan, et il eut comme un vertige. Il pensa à Tarzan, à son regard confiant, à l'incompréhension qui avait dû être la sienne au moment de mourir de la main d'un homme ; il revit la panique dans les yeux de Ghislaine, et les flammes dévorant sa maison ; il vit le sourire de Nedjma et il vit son cercueil, et le corps déchiqueté de l'enfant qui n'aurait pas dû être là, et son regard se brouilla dans l'odeur entêtante de la résine. Un scarabée cheminait sur le canon, ignorant qu'il cheminait sur un engin de mort, et l'œil que Stan Kosinski approcha de la lunette de visée était brouillé de larmes et l'une d'elles tomba sur sa main droite. Son index quitta le pontet pour se poser sur la détente alors que le chœur des oiseaux se faisait frénétique, et la silhouette du géant apparut à la lisière au moment même où le premier rayon rouge vif du soleil frappait la lunette de visée, et aussitôt un faisceau de cent lames de lumière tranchantes comme des rasoirs frappa l'œil de Stan, et son doigt arrêté au point dur de la queue de détente tressaillit à peine, et presque au même instant l'homme tomba dans un envol de passereaux.

18.

Après la détonation, le silence était retombé, plus lourd. On n'entendait plus que la brise soufflant doucement dans les cimes des pins. Stan écoutait de toutes ses forces. Il lui semblait entendre isolément le vent passer sur chaque aiguille de chaque branche de chaque arbre. Il rechargea son arme et fit monter la balle dans le canon avec un bruit sec. Il se sentait à présent vulnérable : la détonation avait révélé sa présence, alors que Castagnary et ses comparses devaient être dans les parages. Casta était sans doute à la traîne à cause de son pied troué, mais l'autre devait être tout près, du moins si le groupe avait gardé sa cohésion.

Stan aurait dû se relever tout de suite et gagner le col. Il se retourna : de là-haut, il aurait une vue dégagée sur la maison et le chemin. Mais il éprouvait une sorte de paralysie, comme si la détonation l'avait anesthésié. Il lui semblait que des yeux invisibles scrutaient le bosquet où il se terrait. Il se disait qu'il ne craignait rien tant qu'il ne bougeait pas. Après tout, Castagnary était un chasseur, il l'avait peut-être sous-estimé. S'il l'avait traqué jusqu'ici, c'est qu'il savait pister.

Stan écouta avec intensité. Quelque chose craqua sur sa droite. Et si Casta, ou un autre, était en train de le prendre à revers ? Cette pensée décupla son sentiment d'impuissance et cette impuissance se mua en colère : il était poursuivi par un chasseur ; il était devenu gibier. En lui le chasseur se révolta et en voulut au paisible jardinier qu'il était devenu. Il respira profondément et il décida de devenir invisible. Par une infime reptation, il s'enfonça insensiblement dans le sol meuble, chaque centimètre carré de son corps en contact avec la terre. La position était plutôt confortable et le sang circulait librement dans ses membres. Il lui semblait en voir le flux dans ses artères et le voyage inlassable entre la pompe du cœur et l'archipel des organes. Dans son oreille, le pouls se mit à battre plus lentement. Il assouplit son diaphragme. Jusqu'alors, il avait tendance à bloquer son souffle car chaque respiration lui paraissait assourdissante. Il prit de longues inspirations et expira lentement. Il pensa à ces reptiles capables d'hiberner des mois durant, ralentissant le rythme de leur organisme. Certains respiraient à peine, et leur cœur ne battait qu'une à deux fois par minute. Il ferma les yeux et les imita en pensée. Ça y était : il devenait invisible. Il se fondait dans le décor comme un phasme sur une branche, et sa conscience se fondait dans l'âme de la colline.

La fatigue des derniers jours le rattrapait. Il luttait pour ne pas sombrer dans la léthargie qu'il sentait l'envahir. Mais il dut s'assoupir quelques secondes car il eut la sensation de tomber dans un gouffre sans fond. Il vit apparaître le visage de Nedjma à l'orée du gouffre et se réveilla en sursaut.

Quand il rouvrit les yeux, un liquide chaud et visqueux coulait sur son visage et Castagnary le surplombait, le regard halluciné, brandissant la crosse de son fusil au-dessus de sa tête. Stan roula sur le côté et la crosse s'abattit sur le sol encore chaud de son sommeil et de son sang. Son esprit était encore absent et son corps prit les commandes. En une seconde il était debout et son pied droit fauchait les deux jambes du chasseur. Casta n'avait pas encore touché le sol que le pied de Stan le cueillait à l'estomac. L'homme s'effondra, le souffle coupé, tandis que Stan Kosinski reprenait lentement conscience du lieu, du moment, des circonstances qui avaient convergé vers ce moment précis.

Le soleil déjà haut jetait sur la moitié supérieure des pins une lumière chaude et ambrée. Un pic tambourinait quelque part et l'espace d'une seconde Stan Kosinski se demanda s'il était possible que « son » pic épeiche l'ait suivi. Il congédia cette idée absurde et baissa les yeux sur Casta. Appuyé sur ses coudes, l'homme reprenait difficilement son souffle. Du pied, Stan éloigna le fusil de chasse et retourna Casta.

– Pourquoi vous ne m'avez pas tiré dessus ?

L'autre avait l'air de se poser la même question. Il avait surtout l'air d'une tortue échouée sur le dos. Sa gorge émettait un son rauque et il clignait des yeux dans la lumière trop vive. Stan le dominait de toute sa hauteur et le soleil faisait une auréole aveuglante autour de son visage opaque.

Stan eut pitié de lui et cette pitié lui fit l'effet de quelque chose de sale et de honteux. Il tenait Castagnary en son pouvoir et il le détestait pour cela car il avait honte de ce pouvoir et il aurait voulu ne pas l'avoir. Mais il l'avait, et c'était un pouvoir absolu.

– Pourquoi vous ne m'avez pas tué ? demanda-t-il plus durement, comme un reproche.

Il détesta l'air d'imploration stupide sur ce visage où il n'avait jamais vu que de l'arrogance et qui était si facile à détester. Maintenant il détestait Casta d'être aussi vulnérable et il s'en voulait d'être l'instrument de cette impuissance obscène. Il s'en voulait d'avoir arraché ce voile à la face de son adversaire. Quand ce voile est arraché il l'est pour toujours et la vérité vous poursuit, infatigable, et Stanislas Kosinski se cognait une fois encore à cette vérité intolérable et obstinée : on ne revient jamais en arrière. Ce qui est fait est fait. Cette idée lui était insupportable et elle le mit en colère et la colère se mêla à la honte. Il se dit confusément que c'était Casta qui aurait dû avoir honte. Mais Casta avait trop peur pour avoir honte. La honte viendrait quand il n'aurait plus peur, et alors elle prendrait toute la place. Pour l'instant, Stanislas Kosinski restait seul avec leurs deux hontes, la sienne et celle de l'autre, et ça faisait beaucoup de honte pour un seul homme qui traînait déjà tout un fardeau de vieilles hontes, et d'autres plus récentes. Le pire c'était que les yeux de Casta, avec leurs iris minuscules dans le soleil ascendant, ne le lâchaient pas et semblaient attendre de lui une décision de vie ou de mort. Exactement ce dont Stan Kosinski ne voulait pas. Comme il l'avait toujours fait quand il avait fallu prendre une décision difficile, il tourna le dos et s'éloigna à grands pas.

Puis il s'arrêta.

Il pensa à Mathilde et aux grosses mains de Casta sur son corps. Peut-être que ça n'avait pas eu lieu, peut-être que c'était juste son imagination, mais depuis qu'il avait vu ces images il ne pouvait s'en défaire, et qu'elles soient vraies ou pas ça n'y changeait rien car elles avaient acquis une existence autonome et maintenant elles étaient là pour toujours, gravées dans le marbre du monde aussi sûrement que s'il les avait vues de ses yeux. Et là il sentait dans son dos le regard de Casta et il se dit qu'il allait le sentir comme ça toute sa vie, tout ce qu'il lui restait de vie, et que ce serait le prix à payer pour sa lâcheté. Alors il se retourna et revint sur Casta et presque sans s'arrêter arma le fusil et lui tira une balle dans la poitrine et une autre dans la tête, éteignant une bonne fois pour toutes ce regard de juge, de procureur et de tyran qui n'était que le reflet de son propre regard, il le savait, mais qu'est-ce que ça changeait. En tirant il croyait tuer aussi la honte, toute la honte, la honte qui avait rongé toute sa vie comme un parasite, qui l'avait suivi partout, résistant à tout, la honte de l'enfant et celle de l'adulte, la honte des fautes commises et des choses tues, et même la honte sans objet qui n'était pas moins présente, la honte dont lui-même ignorait l'origine et qui pourtant se frayait un chemin dans son âme comme une infiltration toxique.

Il passa la sangle de la carabine sur son épaule et tourna le dos à la pinède et aux cadavres de ses ennemis. Quelques minutes plus tard il atteignait le sommet de la colline. Il s'arrêta un instant, laissant la sueur et le sang qui barbouillaient son visage sécher au vent frais qui montait de ce côté avec des effluves de hêtraies mouillées. Il ne songea même pas à se retourner pour embrasser une dernière fois le paysage. Il se contenta d'ajuster les bretelles de son sac et passa le col.

Derrière lui, les corbeaux se battaient déjà.

19.

Un faon cherche sa mère dans la forêt profonde.

Sur la rivière sans pêcheur, la lune jette son double agité.

Un oiseau nocturne vient boire dans le courant sans même s'arrêter, courant lui-même, pur mouvement, battement d'ailes enveloppé de nuit.

Une pomme tombe avec un bruit mat dans une odeur d'alcool et de décomposition. Dans la terre molle du verger, les insectes sont ivres.

À la fin de la nuit une éphémère vient au monde. Elle sera morte avant le soir ; nulle créature n'aura jamais posé les yeux sur elle.

Dans les joncs de l'étang, une barque tourne autour de son amarre. Les ombles dorment à l'abri des pierres.

Dans sa cellule, une sœur cherche de la main le sommeil qui se dérobe entre matines et laudes.

Un vieil homme réveille son petit-fils, un doigt sur les lèvres : il est temps de partir pour la pêche.

Dans son uniforme raide, un gendarme remplit son thermos de café, puis referme doucement la porte de sa maison. Il y a, dit-on, un tueur dans les collines.

– II –

Alt. 1 250 m

20.

Il marcha sans penser à rien, incapable de donner un sens à ce qui s'était passé. Seul son corps existait, et une inquiétude diffuse. Il se retournait souvent. Ce n'était pas la conscience d'une menace, c'était une intranquillité permanente. Le qui-vive comme mode d'existence.

Il marcha longtemps, privilégiant la nuit et les forêts. Un jour, un grondement d'orgue sépulcral annonça l'approche d'un hélicoptère. Il se jeta dans une dépression du terrain, et son esprit rationnel se remit en ordre de marche. Il s'enroula dans sa couverture de survie, sur laquelle il jeta des feuilles et des branchages. Il redoutait l'usage par les gendarmes de jumelles thermiques. En contenant la chaleur de son corps, la couverture de polyéthylène pouvait le rendre invisible un moment. Il y dormait systématiquement, après avoir étendu sur le sol la vieille couverture de l'ermite assassin. Ce jour-là, l'hélico fit deux ou trois cercles larges au-dessus de la zone avant de s'éloigner dans le soleil.

Il ne semblait pas recherché. Ou alors on le cherchait ailleurs. Une enquête avait sans doute été ouverte, et quelque part un enquêteur interrogeait ceux qui l'avaient connu. Mais il n'avait pas de famille et sa fiancée était morte, en même temps que Schizo, qui était pour lui ce qui se rapprochait le plus d'un ami. Les gendarmes pouvaient bien surveiller ses anciens camarades du régiment, ce n'est pas chez eux qu'il trouverait refuge. Ghislaine avait dû être entendue, mais qu'aurait-elle pu dire ? Que savait-elle vraiment sur lui, sinon qu'il était « gentil, mais un peu sauvage » ? Quant aux amis de Castagnary, ils nieraient sans doute tout contact avec lui de peur d'être mis en cause pour l'incendie de la maison. Il restait trois inconnues.

D'abord il y avait le boucher. Il n'avait pas reparu depuis l'épisode de Bures, avec Mathilde. Plus valide que Castagnary, il aurait été logique qu'il arrive avant lui à la maison de l'ermite. Peut-être avait-il suivi une autre piste ? À moins qu'il ait voulu rejoindre Casta plus tard et soit tombé sur les deux cadavres, ce qui avait pu l'inciter à faire demi-tour. La conviction de Stan Kosinski était qu'il était moins fou que les deux autres. Si l'emprise de Casta avait pu le mener à certaines extrémités dans un premier temps, il avait sans doute trouvé, à un moment ou à un autre, que les choses allaient trop loin.

Ensuite il y avait Mathilde. On les avait vus ensemble. Elle l'avait hébergé à Bures, il l'avait aidée à se débarrasser des chasseurs. Certes il avait été plus disert avec elle qu'avec n'importe qui d'autre, mais leurs échanges étaient restés limités, et ni l'un ni l'autre ne s'était vraiment livré. Surtout, elle ignorait tout de ses intentions, puisqu'il les ignorait lui-même. Si d'aventure elle décidait de tout raconter aux gendarmes, elle n'aurait pas grand-chose à leur dire.

Enfin il y avait l'ermite aux lunettes cassées : si les enquêteurs parvenaient à suivre la trace de Castagnary jusqu'à la ruine, il pouvait être capturé, et accusé de la mort de Casta. Il risquait donc de parler de Kosinski pour s'exonérer de ce crime-là. Mais quelle indulgence pouvait-il espérer en échange, au regard du crime qu'il avait commis ? Et quelles informations utiles pourrait-il donner ? Il ne savait pas où allait Kosinski, puisque ce dernier ne le savait pas lui-même. Il marchait droit devant lui, ne suivant qu'une seule règle : aux embranchements, toujours prendre le chemin qui monte.

Il ne quittait les hauteurs que la nuit, pour traverser quelque vallée plongée dans l'obscurité. Et quand le ciel blanchissait et que s'allumaient les premiers feux, il était déjà de l'autre côté, à flanc de colline. Il ne comptait plus les jours. Quand sa barbe commença à le démanger, il sut qu'il marchait depuis une semaine et demie. D'habitude, il se rasait la barbe une fois par semaine, les cheveux tous les quinze jours.

Il s'arrêtait quand son corps l'exigeait. Alors il trouvait un replat, un surplomb rocheux, un tapis de feuilles à l'abri du vent, et il s'installait pour quelques heures sur un matelas de branches qui l'isolait du sol et qu'il recouvrait d'herbes hautes. Un jour de pluie, il improvisa un toit grâce à de lourdes branches de conifères superposées qui lui firent un tipi parfaitement étanche. Il arrivait qu'il soit surpris par la nuit. Il faut dire qu'en montagne la nuit ne tombe pas : elle monte des vallons et des bois, alors même que les sommets brillent comme des flambeaux. Dans ce cas, il se contentait de se creuser un nid dans l'humus d'un sous-bois, prenant soin d'en ôter les feuilles, qui gardaient l'humidité, avant d'étendre sa couverture de survie et de s'enrouler dans le morceau d'étoffe grise que lui avait légué l'ermite.

Souvent il dormait au-dessus des nuages. Au-delà, des satellites patrouillaient en silence entre les étoiles. Des lumières annonçaient des avions de ligne remplis de gens qui allaient quelque part dans un grondement lointain de valise traînée sur l'asphalte.

Le matin, le soleil venait frapper la couverture de nuages et l'aveuglait comme un glacier. Les monts alentour ressemblaient alors à des îles de roman d'aventures. C'est cela qu'il lui aurait fallu, une île, le bruit du ressac, les grands bateaux qu'on voit venir de loin. Puis les nuages commençaient à s'effilocher. Il arrivait alors qu'un vent ascendant lui apporte un bruit de moteur. Il regardait en bas et sous les derniers lambeaux vaporeux, une vallée apparaissait, comme vue d'avion ; et au creux de la vallée, dérisoire et fragile comme une maquette de paquebot, une ville qu'on aurait pu croire inhabitée sans les minces rubans de fumée qui s'en élevaient comme d'un feu mal éteint.

Souvent il envisagea de descendre et de se fondre dans la foule. C'était peut-être plus prudent, c'était sans doute plus raisonnable. Pourtant l'idée l'écœurait. Il connaissait trop la laideur de ces villes et de leurs périphéries étalées en traînées grises le long des rivières. Il connaissait leurs parkings, leurs garages, leurs kebabs, leurs stations essence et leurs centres de santé, leurs banques et leurs supermarchés. Tout ce qu'il ne voulait plus voir. Alors il reprenait le chemin, longeait une nouvelle crête, trouvait un nouveau col, établissait un nouveau bivouac. Sa raison lui disait que plus personne ne le pourchassait, et pourtant tout ce qui ressemblait à une silhouette humaine lui apparaissait comme une menace. Parfois une ombre équivoque le faisait se retourner ; il en avait le front couvert d'une sueur fine et le souffle coupé. Il se cachait.

Une nuit, il rêva qu'il était une bête et qu'on le pourchassait. Réveillé en sursaut, il voulut se rouler une cigarette et dut se contenter des dernières miettes de tabac desséché qui gisaient au fond du paquet. Il n'aimait pas vraiment fumer, de toute façon. En réalité, il fumait parce que chaque cigarette lui rappelait le goût de la première, alors qu'il était gamin, et ce goût était celui du secret et de l'interdit. Il résolut, en écrasant cet ultime mégot, de ne plus penser au passé, proche ou lointain. Et pas davantage à l'avenir. Désormais il ne penserait ni à ce qu'il avait fait et que rien ne saurait changer, ni aux choses qu'il ne ferait jamais. Il concentrerait son attention sur le présent, un pas après l'autre, bivouac après bivouac, colline après colline. Certes, comme tout homme il cheminait entre l'espoir et la crainte. Mais cet espoir et cette crainte avaient pour objet la nourriture, le froid, l'état de son corps, l'eau, la pluie ou le soleil, la proximité d'un danger, et toutes les choses immédiates.

Les premiers temps, il évita d'utiliser la carabine, par crainte de révéler sa présence. Pour la même raison, il ne faisait pas de feu. Il remplissait sa bouteille dans les ruisseaux. Il se nourrissait de champignons (les cèpes et les sanguins abondaient en cette saison), de pissenlits, de plantain, de pignons de pin, de mûres, plus rarement de myrtilles ou de carottes sauvages. Un jour il pilla un nid d'abeilles. Il eut le visage et le cou criblés de piqûres brûlantes, mais ça en valait la peine. Un autre jour il se gava d'une herbe qu'il n'aurait pas dû manger. Il passa trois jours recroquevillé sur son lit de branchages, sans manger ni boire, ne se levant que pour vomir, le front mouillé de sueur, ânonnant des phrases désarticulées, des mots que lui-même n'entendait pas, presque des lambeaux, des syllabes informes, sans lien les unes avec les autres. Il délirait. Il se voyait mourir et il repoussait la mort à grands coups de talons dérisoires, comme pour détourner un instant la gueule hideuse d'une bête sans âme, pure puissance d'anéantissement, invincible et dénuée de tout ce qui rend les choses compréhensibles aux yeux des hommes. Dans son délire il absorbait de la terre et respirait de l'eau ; il cherchait la surface mais il n'y avait plus ni haut ni bas. Quand il cherchait à remonter à l'air libre, il s'enfonçait dans l'obscurité.

Au troisième jour il se leva. Il avait soif et il avait faim. C'est ainsi qu'il sut qu'il était vivant. Il s'était souvent interrogé sur cette obstination de la vie qu'il voyait partout à l'œuvre autour de lui : dans le sorbier poussant entre les pierres, dans la forme parfaite du chardon, dans la reptation continue des ronces ou dans ce pin tordu devant lequel il s'était arrêté : à demi déraciné par un éboulement, le tronc perpendiculaire à la pente, l'arbre s'était remis à pousser vers le ciel, cherchant un peu de lumière entre les houppiers de congénères dix fois plus hauts. C'était comme une nécessité sans fin, une volonté sans projet ; l'existence sans conscience d'elle-même, sans conscience du temps, sans conscience du tout. Toute cette vie seulement occupée à vivre, qui était aussi dans le manège des insectes et dans celui des oiseaux, c'est elle qu'il sentait battre dans ses tempes et qui lui lançait l'estomac.

Il chercha durant une heure un torrent dont le bruit continu se réverbérait sur les parois rocheuses, comme pour désorienter les hommes et les bêtes assoiffées et s'assurer de n'être jamais trouvé.

Quand il fut proche, il pressa le pas mais s'arrêta soudain : il avait entendu des voix humaines. Il s'approcha prudemment, écouta mieux, observa les alentours, mais il ne vit personne. Il entendait à présent d'autres voix, plus féminines. Il écouta sans bouger, et s'aperçut que les sons se répétaient dans une sorte de phrase musicale reprise indéfiniment, sans pause ni variation, comme un disque rayé. Il comprit que c'était l'eau qui, courant sur les galets, résonnant dans les creux de la rive, faisant rouler les pierres, chantait comme une voix humaine, changeant de timbre suivant les lieux, le rythme du courant, les obstacles qu'elle rencontrait. Pas étonnant que les anciens aient cru que des êtres fabuleux occupaient les lacs et les rivières, se dit-il. Alors qu'il buvait à même le courant, il relevait encore la tête, s'attendant presque à voir apparaître quelque créature aquatique mi-humaine, mi-animale.

Quand il fut désaltéré, il eut encore plus faim. Dans le ruisseau, des poissons effilés fusaient juste sous la surface. Évanescents comme l'ombre des nuages, ils avaient presque la couleur de l'onde. Juste au-dessus, à fleur d'eau, des libellules imitaient à la perfection leurs mouvements vifs et agiles, redoublant dans l'air leur chorégraphie aquatique, si bien que les poissons semblaient l'ombre projetée des insectes. Une truite à peine plus grande que la main faisait du surplace dans une zone plus calme. Stan l'observa un moment, et vit qu'elle regardait vers l'amont, ondulant juste assez pour rester en place. Sans doute attendait-elle de voir ce que le courant allait lui apporter. Elle avait faim, elle aussi, mais la nourriture venait à elle. Stan s'agenouilla sur la pierre la plus proche sans la quitter des yeux, s'efforçant de rester dans son angle mort. Il plongea très lentement une main dans l'eau glacée, puis l'approcha encore plus lentement du poisson à l'affût. Puis d'un geste brusque il passa la main sous le ventre de l'animal et la referma comme un piège. Mais le courant ralentit son geste et la truite dut percevoir à la vibration inhabituelle de l'eau qu'une menace était là : elle fusa comme une torpille et en une seconde elle avait disparu, tandis que Stan Kosinski soupirait, grelottant et affamé, à quatre pattes dans le flot puissant. Il regagna la berge, considéra la carabine un moment, et ouvrit son sac.

Les munitions avaient disparu.

Il retourna son sac et dut se rendre à l'évidence : il avait perdu la précieuse boîte. Mais quand ? À vrai dire, il ne s'en était pas préoccupé depuis une éternité. Il avait pu la perdre à n'importe quel moment. Ou alors elle ne s'était jamais trouvée dans son sac. Il ferma les yeux et essaya de se souvenir : la dernière fois qu'il l'avait tenue en main, c'était... quand il avait tué le grand type. Et puis il y avait eu Casta, et puis la fuite. Les balles étaient restées sur le sol près du corps de Casta tandis que Stan franchissait le col dans un état second d'horreur et d'euphorie mêlées. L'horreur d'avoir tué un homme et l'euphorie d'être en vie. Et puis l'ivresse de ne rien comprendre à ce qu'il éprouvait. Pas étonnant qu'à cet instant il n'ait pas pensé à ramasser les munitions. Ni le fusil de chasse de Casta...

Il soupira, découragé. Il songea à abandonner là son arme désormais inutile. Il la considéra un moment et fit jouer la culasse : il restait une balle dans la chambre. Il allait trimballer la carabine encore quelque temps. Pour l'heure, il dînerait à nouveau de pissenlits ou de pignons de pins. Il ramassa ses affaires et se remit en marche en espérant tomber sur un noyer. Il se surprit à guetter le vol des vautours : qui sait, il pourrait peut-être leur disputer un lambeau de charogne. Mais les vautours disparurent alors qu'une détonation résonnait très loin, de l'autre côté du mont. Puis une autre, et une autre encore, à intervalles réguliers. Ça semblait se déplacer. Ça semblait même se rapprocher. Et plus elles se rapprochaient, plus les détonations ressemblaient à des coups de masse sur une énorme plaque d'acier. Ce n'était pas des coups de feu. Sans doute un orage lointain. Mais la régularité des chocs, et leur déplacement implacable, les rendaient semblables aux pas d'un titan de dessin animé, faisant trembler le sol et piétinant les forêts. Ce battement de métronome cosmique se poursuivit durant un bon quart d'heure tandis qu'un amas de nuages gris foncé avançait à grande vitesse. L'air sentait l'eau et se refroidit d'un coup. Alors l'orage éclata. Les coups de tonnerre roulaient à n'en plus finir sur les parois rocheuses. L'écho lui-même semblait se réverbérer en allant frapper une autre paroi où il se répliquait, à peine plus faible, tandis qu'une nouvelle détonation retentissait. Le bruit était infernal et lui rappelait un cauchemar qu'il faisait enfant, et dans lequel il était piétiné par un troupeau d'éléphants. Il continua à marcher pour ne pas se refroidir. Le chemin était détrempé et il risquait de glisser à chaque pas. Puis le chemin se transforma en torrent. L'orage finit par passer, mais la pluie ne cessait pas. Il était à découvert mais il faisait si sombre qu'il s'aperçut à peine que la nuit tombait. Il continuait, parce qu'il n'avait que ça à faire. C'est alors que le chemin tourna et qu'un vallon s'offrit à son regard. Il s'arrêta : au milieu du vallon se dressait une chapelle, à peine plus grande qu'une borie mais dont le clocher émergeait du maigre bosquet qui l'entourait. Il n'hésita pas longtemps : il courut presque jusqu'au bâtiment, dont un figuier, ceint d'un muret sommaire, semblait protéger l'entrée. Chargées de fruits, les branches de l'arbre étaient ornées de rubans colorés qui gouttaient sur la pierre du seuil. Il cueillit rapidement quelques figues. Un creuset de granit était posé sur le muret. Deux étroites fenêtres grillagées encadraient la porte. Stan s'immobilisa, le cœur battant : il avait vu des silhouettes à l'intérieur. Regardant mieux, il vit que les silhouettes ne bougeaient pas : derrière la fenêtre de gauche, la statue d'un jeune barbu portant une tiare et une soutane rose délavé. On aurait dit un berger travesti en pape. Il lui manquait une main et ses yeux baissés semblaient contempler son moignon de plâtre. Derrière la fenêtre de droite, une Vierge portait négligemment son manteau bleu sur une tunique rouge. Son visage était d'une beauté mélancolique tandis que sa main gauche tenait le bijou en forme de cœur qu'elle portait en pendentif. Sa main gauche avait une position à la fois gracieuse et peu naturelle. Stan se dit qu'elle avait dû tenir un agneau dans ses bras, et que l'agneau avait été volé.

Il poussa la porte cloutée et dut baisser la tête pour entrer. Un autre creuset de pierre était posé à l'entrée en guise de bénitier. L'enduit des murs s'écaillait par plaques. Quatre rangées de bancs rudimentaires faisaient face à un autel qui ressemblait à une commode paysanne. Un des tiroirs était rempli de cierges neufs. L'autre contenait une boîte métallique dans laquelle Stan trouva des biscuits mous, du sucre et des sachets de thé. Il prit le tout et fouilla le reste de la pièce. Il finit par trouver ce qu'il cherchait : une timbale en fer-blanc. Il s'en empara en se promettant d'allumer un feu dès qu'il serait assez loin de la chapelle. Pour l'heure il alluma un cierge, dans l'idée vague de rendre grâce à celui qui avait laissé là du thé et des biscuits, mais surtout pour se donner l'illusion d'une chaleur, même infime. La pluie martelait les tuiles dans un vacarme réconfortant. Il mangea un biscuit, mâchant le plus lentement possible, en considérant les bancs vides qui lui faisaient face. Il se demanda s'il arrivait que toutes les places fussent occupées. Il accola les bancs les uns aux autres pour se faire une couche, et y déroula sa couverture. Sur le sol irrégulier, il ramassa un feuillet photocopié, dont l'humidité avait par endroits tronqué le texte. Il lut :

Père Soleil
Père au-delà du Ciel
Qui --- parmi les étoiles
Ton ---de --- Terre --- Mère
Je --- ton Nom, ta Lum---, --- ton Esprit
Ta règle crée, ordonne, nourrit, p---, libère, ---igne et guide.
Ta puissance règne ici et maintenant
-- --- Je suis ton enfant devenu grand
Éclaire mon chemin, protège et nourrit mon être comme ---
Car j'--- --- ---
Ton feu est en moi.
Accorde-moi --- et élévation
Je te bénis Père de --- ---
Amen

Il essaya machinalement de deviner les syllabes manquantes, puis s'arrêta sur le dernier mot : il avait lu trop vite. Ce n'était pas « Amen », mais « Awen ». La coquille était étrange, d'autant que le reste était correctement orthographié. Comme s'il avait été dactylographié par un dyslexique dont l'attention s'était relâchée *in extremis*. Il relut le texte, plia la feuille, la glissa dans la poche de sa veste, et s'endormit.

Il se réveilla au milieu de la nuit, frigorifié dans ses vêtements trempés. Il se leva et effectua des mouvements de gymnastique pour se réchauffer, mais rien n'y fit. Il sortit.

Le ciel s'était dégagé, la Voie lactée à peine voilée par quelques nuages d'altitude. Il but l'eau de pluie dans le bénitier de granit, remplit ses poches de figues fraîches et s'éloigna vers l'est, choisissant le chemin le plus abrupt pour aller à la rencontre du soleil et être le premier à bénéficier de ses rayons, quand la vallée serait encore plongée dans une nuit humide et froide.

Après une demi-heure de marche il stoppa net : il venait d'entendre, très distinctement, le son d'une cloche. La cloche de la chapelle qu'il venait de quitter. Il resta figé un moment, ne sachant que penser. Quelqu'un était-il venu juste après son départ ? Ou bien y avait-il déjà quelqu'un, dans une partie de l'édifice qu'il n'avait pas vue, tandis qu'il dormait ? Peut-être la cloche était-elle reliée à un système d'horloge connecté à un panneau solaire ? Il en était là de ses réflexions quand le premier rayon du soleil frappa le chemin détrempé. Il décida de considérer cette cloche mystérieuse comme un salut, un signe de connivence, un augure favorable. Il en fut rasséréné.

Il se remit en chemin pour achever de se réchauffer. Au bout de quelques heures, il atteignit un cirque de pierre qui entourait de sa muraille protectrice un petit vallon herbeux parcouru en tous sens par des marmottes. Les rongeurs paraissaient perpétuellement aux aguets et semblaient communiquer par de longs sifflements codés. Sur les hauteurs, quelques bouquetins montaient la garde. Ils se savaient hors d'atteinte et leurs lourdes têtes carapacées leur conféraient une grande sérénité. Après tout, si un prédateur venait à les menacer, il aurait à franchir un vaste espace découvert avant de gravir le pierrier pour leur tomber dessus. Et puis à part une meute de loups, Stan voyait mal quel prédateur pouvait inquiéter ces animaux agiles et puissants. Il songea à en tuer un. Mais ils étaient à bonne distance, et il n'avait qu'une balle.

Il passa une heure à observer le manège des marmottes et se rappela le père de sa deuxième famille d'accueil, en Sologne. Il s'appelait Michel et gardait la propriété d'un riche amateur de chasse. Souvent il posait des collets. Il les préparait à la maison, et Stan aimait bien le regarder faire quand il courbait avec soin son fil de fer pour former le nœud coulant, qu'il refermait de huit centimètres pour les lièvres, ou six pour les lapins. En fait Michel mesurait le diamètre du collet en le passant dans son poing fermé. Sans le pouce pour le lapin, avec le pouce pour le lièvre. Un jour il emmena Stan en poser quelques-uns. Il les suspendait à une branche basse ou à un arbre tombé, à environ dix centimètres du sol. La première fois qu'ils avaient relevé les pièges ensemble, un lapin captif poussait des cris stridents, essayant en vain de se libérer. Sa panique avait terrifié Stan, qui n'avait jamais entendu un lapin crier. Si bien qu'au moment où Michel saisit l'animal et lui brisa la nuque, il en fut presque soulagé.

Il estima que les marmottes étaient à peu près de la taille d'un lièvre, et que les piéger ne devait pas être beaucoup plus difficile. Il baissa les yeux sur ses chaussures.

Deux heures plus tard, il avait toujours faim et il n'avait plus de lacets. Il décida de rester là pour la nuit. Il savait qu'il aurait fallu établir son bivouac dans la forêt, à l'abri du vent, mais il était trop épuisé. Il se laissa tomber au sol et ferma les yeux.

Il dormit mal. D'abord parce qu'il n'avait pas eu la force de chercher un endroit vraiment plat, et qu'il ne cessait de glisser vers la pente ; ensuite parce que la fièvre le réveillait régulièrement. À peine endormi, il se réveillait en sursaut, ne sachant pas s'il avait entendu la cavalcade d'un sanglier dans la nuit, ou si c'était son cœur qui battait. Il rêva de nouveau qu'il était une bête traquée. Chaque fois qu'il ouvrait les yeux, les étoiles lui faisaient presque mal tant elles brillaient d'un éclat dur et minéral. La Voie lactée traversait son champ de vision comme une traînée de mica. Il essayait de voir où en était la nuit en observant la lente oscillation des astres. Mais il se réveillait si souvent que le ciel semblait basculer au ralenti. Il guettait en vain le moment où la Grande Ourse, ou le Chariot, allait passer la crête, puis il fermait les yeux en espérant que le ciel blanchirait quand il les rouvrirait. Mais le ciel était toujours d'un noir profond, gris foncé au-dessus des cimes, et partout transparent comme du verre.

Au milieu de la nuit, pourtant, les étoiles lui parurent troubles. Certaines avaient disparu. La Voie lactée était brouillée, comme si des nuages d'altitude avaient étiré un voile de gaze sur le ciel.

Ce n'étaient pas des nuages d'altitude. Ses yeux étaient irrités, et il crut qu'une allergie brouillait sa vue. Mais non : il vit passer des petits paquets de nuages, rapides, nombreux, juste au-dessus de lui, comme s'ils étaient montés de la plaine et prenaient de la vitesse une fois passé le col. Puis il s'aperçut qu'il sentait depuis quelque temps comme une odeur de fumée. Machinalement, il ramena ses jambes sous lui, comme si sa couverture était en train de brûler. Puis il se souvint qu'il n'avait pas allumé de feu.

Il se mit à trembler. Puis il eut trop chaud. Il y avait tout autour de lui comme un fourmillement d'animaux agités. Il voulut se lever mais ses jambes étaient faibles et il dut produire un effort violent pour s'agenouiller, fourrer ses couvertures dans le sac, enfiler ses chaussures sans lacets, et se redresser pour lever le camp. Il ne pouvait pas rester là-dedans. La lune n'était plus visible. Il n'y voyait plus rien et ça grouillait de bruits de pattes et de froissements d'herbes. Des paquets de brume le frôlaient en silence. Il avait l'impression d'être cerné par un ennemi invisible. Il se représenta l'image fugitive de Pinocchio allumant sa lampe dans les entrailles ténébreuses de la baleine – et il vomit. Il avait dû prendre froid en dormant dans ses vêtements mouillés. Le manque de nourriture ne devait pas arranger les choses. Il se dit confusément qu'il avait dû passer le stade où le jeûne stimulait les défenses immunitaires. À moins qu'on lui ait menti à ce sujet. Il n'avait jamais songé à remettre cette croyance en question. Parce qu'elle lui plaisait, à l'instar d'autres certitudes qui étaient autant de repères familiers, auxquels il n'attachait pas une grande importance, mais qui lui faisaient comme un champ de fétiches rassurants.

Il respirait difficilement. La fumée lui râpait la gorge et le nez comme du papier de verre. Ses yeux lui faisaient mal et se remplirent de larmes. Il tira son t-shirt sur sa bouche et entreprit de contourner l'amphithéâtre de calcaire. Il trouva un sentier qui s'y enroulait comme une guirlande de Noël. Ce n'était pas un chemin à proprement parler. Là où il était arrivé, il n'y avait plus de chemin. Simplement des sentes, tracées par les animaux en fonction du terrain, du relief et des circonstances : la quête de nourriture, le rut, la fuite. La faim, la peur, l'appel impérieux du génital. En général, l'herbe était d'abord foulée au passage d'un grand animal, puis d'autres l'empruntaient par commodité. Et maintenant l'homme seul qu'était Stan Kosinski pouvait la suivre en toute confiance, parce que son tracé obéissait à une logique qui était celle des vivants et que ces vivants-là connaissaient le territoire avec leurs pattes, leurs griffes, leurs sabots, leurs ventres, leur fourrure, leurs naseaux, leurs oreilles, l'écho de leur voix, la forme et le poids de leurs corps.

Il repensa au chemin bleu que les chasseurs avaient tracé chez lui. Ils n'avaient pas fait autre chose que suivre une trace animale que les années avaient entérinée parce qu'elle était la meilleure trajectoire possible entre la colline et le ruisseau qui courait au fond du ravin. Ils avaient repris ce tracé et l'avaient marqué de leur peinture pour compenser la nullité de leur flair. Ils avaient coupé les branches hautes qui gênaient leur progression de bipèdes. Et à leur tour d'autres espèces empruntaient les sentiers ainsi élargis par l'homme et cautérisés par le piétinement de leurs bottes.

Privées de leurs lacets, les chaussures de Stan glissaient à chaque pas sur son talon, rendant sa démarche de plus en plus incertaine à mesure que le frottement irritait la peau jusqu'à la mettre à vif. Pourtant il continua, entraîné vers l'avant par la pente douce que suivait maintenant le sentier. L'odeur de fumée avait disparu. Il mâcha de l'herbe pour s'hydrater. Il ôta ses chaussures, les fourra dans son sac et continua pieds nus sur le chemin souple en marmonnant sous l'effet de la fièvre des mots qu'il ne saisissait pas lui-même ; des mots qui semblaient entrer et sortir de son crâne comme les abeilles d'une ruche.

La pente s'inversa et le sentier remonta jusqu'à un col dont la forme en hausse de fusil se découpait à peine sur le ciel. Il s'avança, toujours pieds nus, toujours fiévreux, et là il s'arrêta.

En contrebas, à perte de vue, s'étendait ce qui avait dû être une forêt, et qui lui évoqua un champ de ruines après un bombardement continu de plusieurs jours. Des arbres encore debout se dressaient tels des mâts noircis de goudron. Parfois leurs silhouettes décharnées se hérissaient de moignons calcinés. Des fumerolles s'élevaient çà et là, où un fût plus épais achevait de se consumer. Certains troncs semblaient encore vifs, soudés à des racines trop profondes pour que le feu les atteigne. D'autres s'étaient effondrés quand ils étaient devenus trop friables pour soutenir leur propre poids. Stan descendit à pas lents dans une odeur de résine et de feu qui lui rappela ce whisky tourbé qu'il avait payé une fortune pour l'anniversaire de Schizo. Il régnait un silence de neige, parfois troublé par le chuintement de bouilloire qui s'échappait des souches quand l'air emprisonné dans les fibres se libérait dans un souffle humide de sève. Stan entendait à peine le bruit de ses pas sur l'épais tapis de cendre tiède, et de temps à autre l'effritement cristallin du bois devenu carbone et devenant poussière. Tout était noir ou gris ou d'une pâleur de linge usé, et même le jour qui se levait paraissait blême dans cette absence d'oiseaux. Épuisé, engourdi par le silence formidable, Stan se laissa tomber à genoux et ménagea dans le sol poudreux une cavité aux dimensions de son corps. Il se coucha dans la chaleur de la terre et se couvrit de cendres et s'endormit aussitôt.

21.

Il fut réveillé par des harmoniques rauques et mécaniques. Un hélicoptère tournait lentement au-dessus de la zone dévastée, comme pour s'assurer qu'il n'y avait plus rien à sauver. Stan entrouvrit les yeux mais ne bougea pas. L'immobilité était sa meilleure protection. Depuis le ciel, il devait être impossible à distinguer du sol désolé de la forêt. L'hélico stationna au-dessus de lui. Stan ferma complètement les yeux, comme un enfant persuadé de se rendre invisible. L'appareil fit une dernière rotation avant de s'éloigner. Stan attendit que le bruit des rotors disparaisse, happé par le relief, pour ouvrir complètement les yeux. La cendre était froide et le silence était différent. Sous l'effet de la rosée, la pellicule grise qui le couvrait comme un drap formait une croûte fragile que perçait, près de sa tête, une pousse d'épicéa d'un vert translucide, presque fluorescent. Il avait dû dormir plusieurs jours et plusieurs nuits. Il avait soif.

Il émergea de la terre brûlée comme ces reptiles qui affleurent, presque invisibles, à la surface du désert. Comme eux, il avait pris la couleur du sol. Il se releva. Ses jambes étaient mal assurées. Il s'étira, tituba sur quelques mètres et regarda autour de lui. La lande désolée ressemblait toujours à un cimetière de film gothique, mais des centaines de jeunes pousses y formaient désormais un tapis d'un vert puissant. Les cônes, en brûlant, avaient dû libérer leurs graines, qui avaient germé sous la cendre tiède dans l'illusion d'un printemps tardif. Des champignons de toutes formes et de toutes teintes poussaient déjà sur les troncs dépourvus d'écorce. Des insectes venaient s'y nourrir, de plus en plus nombreux, colonisant le bois meurtri. Bientôt, peut-être, des oiseaux reviendraient à leur tour, et la forêt retrouverait un peu de sa voix. Mais il faudrait longtemps avant qu'elle reprenne l'apparence majestueuse et secrète qu'elle avait dû avoir avant l'incendie.

Stan était faible mais n'avait plus de fièvre. Il prit son sac et se mit en quête d'un ruisseau où étancher sa soif. Il traversa une hêtraie fraîche que le feu avait épargnée. Seule l'épaisse couverture de feuilles qui tapissait le sol avait brûlé : les grands arbres étaient intacts. Il remarqua à ses pieds comme de petites bogues de châtaignes entrouvertes, laissant apparaître des graines qui lui semblèrent comestibles. Il en goûta une et apprécia suffisamment pour s'en gaver et en fourrer une poignée dans chacune des poches de sa veste. Il se demanda comment s'appelaient ces fruits, et se dit une fois encore qu'il ne connaissait rien au nom des choses. Puis il se dit que les bêtes non plus ne savent pas le nom des choses. Mais les bêtes, elles, savent ce qui est bon et ce qui ne l'est pas. Lui, il devait apprendre.

Au sortir de la hêtraie il déboucha sur un plateau herbeux qui aurait fait un pâturage idéal pour Mathilde et ses « filles ». Il y avait un moment qu'il n'avait pas pensé à la bergère et cela lui fit l'effet d'un souvenir très lointain, de ceux dont on ne sait plus si on les a vécus ou imaginés. Mais il repensa à l'odeur de paille, de poussière et de lavande qu'exhalait la jeune femme au col de Bures, aux fringues humides qu'il avait séchées près du poêle, à la langue qu'elle parlait aux chiens, aux gousses d'ail qu'elle gardait dans ses poches, à sa peur quand il avait frappé à sa porte en pleine nuit, à ses cheveux mouillés, et il sut qu'elle n'était pas un rêve. Il essaya en vain de se rappeler la couleur de ses yeux. Il se souvenait surtout de l'espèce de mélancolie résignée qu'il y avait lue, cette distance farouche de ceux qui s'attendent à être déçus. Il se souvenait aussi de la façon qu'elle avait de se tenir debout, bien campée sur ses deux jambes, droite, verticale, telle qu'il aurait aimé la voir apparaître en ce jour, dans ce pré que la hêtraie protégeait des regards. La soif corrigea le penchant nostalgique que prenaient ses pensées. Il tendit l'oreille et étudia la végétation qui couvrait la pente comme une fourrure épaisse. Il repéra bientôt une coulée d'un vert profond où poussait une végétation plus dense, comme la toison d'une femme à l'approche du sillon du sexe. Il s'agenouilla dans le parfum de la menthe et de l'aneth sauvage : un étroit filet d'eau dévalait la pente, presque invisible sous les herbes hautes. Il plongea son visage dans le courant et but longuement, lapant comme un chat, gorgée par gorgée, les yeux fermés, le nez empli du parfum de fleurs sans nom. Il eut l'impression de revivre, comme une terre aride qui ne demande qu'à s'assouplir et respirer enfin et qui renaît après l'averse dans un parfum d'humus et de chlorophylle.

Il remplit sa bouteille et but encore. Quand il fut enfin désaltéré, la faim revint. Il lui fallait manger autre chose que des faines ou des baies. D'autant que l'hiver approchait. La nourriture allait se raréfier. Il allait faire froid. Il devait tuer un animal, un grand animal dont la fourrure pourrait le protéger du gel.

Il fallait se mettre en chasse.

Il regarda ses chaussures sans lacets, aux semelles usées. La droite se décollait et des graviers venaient se loger entre la toile et le caoutchouc. La gauche serait bientôt trouée de l'intérieur, avec ce tic qu'il avait de contracter son gros orteil. Il avait toujours pris soin de ses pieds. Nedjma disait que c'était la partie la plus importante du corps humain. Surtout en situation de survie. Stan avait régulièrement coupé ses ongles – il était devenu particulièrement habile avec son couteau de chasse – et prenait soin de garder ses pieds propres et secs, autant que possible. Son séjour dans la cendre avait guéri ses ampoules, mais avec ses souliers délabrés, la vie allait devenir difficile.

Tandis qu'il cheminait le long du ruisselet, une idée germait dans son esprit, lentement, inexorablement, et presque malgré lui : tôt ou tard, il lui faudrait descendre. Rejoindre les plaines. Trouver une ville. Se procurer des chaussures, un duvet, peut-être des munitions. Il n'avait sur lui que le billet de vingt euros qui était plié au fond de sa poche le jour où la maison avait brûlé, mais il n'y pensait pas. Il suivait le ruisseau.

Le ruisseau s'écoulait maintenant au bas d'une pente rocheuse d'où l'eau suintait en continu, au travers d'une couverture de mousse et de petites feuilles rondes comme de l'herbe à grenouilles. Il fut rejoint par un autre filet d'eau vive et devint plus chantant et plus large, même si Stan pouvait encore l'enjamber d'un pas, sans effort. Au creux de la pente, l'eau s'accumulait dans un replat et formait une petite mare, avant de se déverser un mètre plus bas, où elle ralentissait à nouveau dans une cuvette qui débordait à son tour en une modeste cascade. Stan suivit cet escalier rocheux qui faisait alterner baignoires naturelles et déversoirs étroits. Il eut envie de se baigner mais la forme du cours d'eau semblait l'appeler : il voulait toujours voir quelle direction il allait prendre au prochain rocher, comme s'il pistait un animal à la trace imprévisible. C'est ainsi qu'il se trouva debout au surplomb d'une chute d'une dizaine de mètres. Il se rattrapa in extremis à la branche d'un bouleau, mais la branche céda et il tomba. Il lança machinalement ses bras en avant, comme s'ils avaient pu ralentir sa chute. Mais ses mains n'agrippèrent que de l'air, puis de l'eau, puis la roche au fond de l'eau. La rencontre avec la surface lui fit l'effet d'un coup de poing. Il parvint à plier les coudes au moment du contact avec le fond, et put amortir le choc. Il se retourna dans l'eau sans attendre, poussa sur ses jambes et jaillit à la surface, le souffle coupé. Il resta un moment immobile, inspectant mentalement ses membres pour s'assurer qu'il n'avait rien de cassé. Puis il se détendit. Debout dans la piscine naturelle, il avait de l'eau jusqu'au cou. Il laissa les remous lui masser le dos et ferma les yeux. L'eau était froide mais il en voulait plus. Il sortit du bassin et posa son sac sur le bord. Il ôta ses vêtements et entreprit de les frotter sur une large pierre au milieu du courant. Il les étala au soleil sur un buisson d'aubépines et retourna dans l'eau. Il se posta sous la cascade et laissa le flot irrégulier lui frapper le crâne et les épaules comme un orchestre de percussions. Il sentit combien ses cheveux et sa barbe avaient poussé. Il se frotta tout le corps plusieurs fois, se lavant de toute la cendre qu'il trimballait encore et de la crasse des dernières semaines. Il s'essuya avec la couverture qui était restée sèche dans l'air prisonnier du sac. Puis il la lava à son tour dans le courant.

Il s'activa en attendant que le linge sèche. Il fit de l'exercice, retrouvant les gestes appris durant les classes. Flexions, abdos, planche, squats, pompes... Il comptait les mouvements, faisant des cycles, assez lentement pour ne pas s'épuiser, assez vite pour se réchauffer. Il improvisa même une paire de poids avec deux pierres ramassées dans le ruisseau.

Il sursauta en saisissant du coin de l'œil quelque chose que son cerveau lui signala comme inhabituelle : la forme d'un serpent étendu sur un rocher plat que réchauffait le soleil d'automne. Il regarda mieux : du serpent ne restait qu'une mue dont les écailles grises et noires luisaient faiblement. La peau fendue était presque intacte. Elle gisait là comme si l'animal avait voulu s'en délester pour avancer plus vite, comme un enfant abandonne un vêtement devenu trop étroit au point d'entraver ses mouvements. Un vêtement qu'il a beaucoup aimé et qu'il ne regarde même plus. Stan toucha l'épiderme abandonné mais sa tiédeur était celle du soleil. Il scruta les alentours au cas où l'animal, paré de sa nouvelle peau, serait encore dans les parages. Après tout, il ignorait sur quelle surface s'étendait le territoire d'un serpent. Ces animaux n'étaient pas itinérants. Combien d'espèces l'étaient, d'ailleurs ? La plupart des animaux ne vivaient-ils pas toute leur vie dans un périmètre limité qui était celui de leur naissance ? Il éprouva de la tristesse à cette idée, puis il pensa à sa propre vie et se demanda ce qui avait le plus de sens – vivre une vie entière au même endroit, ou marcher sans but et sans fin. Puis il n'y pensa plus car il avait faim. Il chercha des yeux la peau neuve et brillante du serpent. Il n'aurait su dire s'il s'agissait d'une vipère ou d'une couleuvre, mais il se souciait moins du danger que de la possibilité d'un repas. C'est alors qu'il le vit, immobile sur une pierre plate, presque identique à sa mue si ce n'est qu'il dardait sa langue à intervalles réguliers, comme ferait un aveugle avec sa canne. Stan ne savait plus quel était, de la vue ou de l'ouïe, le point fort des reptiles. À moins que ce ne fût l'odorat ? Il resta longtemps immobile, incertain. Il se demanda s'il dégageait une odeur perceptible malgré son long séjour dans l'eau. Il se dit que le chant du courant sur les pierres devait couvrir sa respiration, même si l'animal avait l'ouïe fine. Il décida de s'avancer lentement, dans le dos de l'animal, hors de son champ de vision. Il se rappela ce petit serpent du désert aux écailles de dinosaure qui faisaient froid dans le dos quand elles se frottaient les unes contre les autres. Cette vipère couleur de sable avait les pupilles verticales des reptiles diurnes, mais Schizo affirmait qu'elle distinguait à peine le jour de la nuit, et qu'elle ne percevait que les formes en mouvement. Stan s'était souvent demandé comment Schizo savait tout ça.

Évidemment, le spécimen qu'il avait devant lui était différent, mais il fallait bien se raccrocher à quelque chose. Il faut bien s'appuyer sur un savoir, ou une croyance, même une erreur, sans quoi on ne fait rien. C'est ce que disait Schizo : l'action a besoin de ça, d'un genre de certitude. Du moins chez l'homme. Les bêtes, elles, savent sans avoir appris, et Stan leur enviait cela. Il les enviait d'autant plus que ces dernières semaines n'avaient fait que lui représenter toute l'étendue de son ignorance. Alors il décida de croire aux théories de Schizo. Il regarda tout autour sans bouger la tête, à la recherche d'une pierre aux dimensions de sa main. Quand il eut fait son choix, il se baissa le plus lentement possible, s'efforçant mentalement d'atteindre, plus qu'un mouvement, une succession d'instants d'immobilité. À chaque étape, il devait recomposer l'équilibre de son corps, compenser par la pression du talon le poids de sa main tendue ; contracter le ventre pour ne pas faire peser sur son dos tout l'effort qu'il produisait ; lever le pied avec des précautions d'équilibriste, le reposer sur le sol irrégulier comme un chat le ferait, sans déranger l'équilibre des choses. Effort modéré mais subtil et prolongé, qu'il aurait cru moins difficile à soutenir.

Enfin la main saisit la pierre et la souleva sans bruit. Il lui fallait encore se redresser, trouver la meilleure position pour produire l'effort final. Il se redressa avec une lenteur de vieux maître de taï-chi. Il ne put s'empêcher de penser à ce film qu'ils avaient vu au foyer avec Schizo et Nedjma. D'ailleurs, elle l'avait surpris, cette lenteur, parce qu'en général les films allaient vite, ils allaient même de plus en plus vite, une image remplaçait l'autre avant qu'on ait seulement eu le temps de la voir, de la voir vraiment, de l'assimiler. D'après Schizo, si les films allaient si vite – mais aussi les publicités, les vidéos sur Internet, c'était pour que les gens n'aient pas le temps de penser à leur propre existence. Parce que s'ils se mettaient à penser à leur existence, alors ils verraient que rien n'a de sens et ils auraient peur et ils seraient en colère, et ils deviendraient moins productifs et moins obéissants, et ils arrêteraient de travailler ou de se battre pour défendre la déesse Démocratie, et au lieu de ça ils se mettraient à réfléchir, et certains se suicideraient et d'autres poseraient des bombes, et la multitude envahirait les villes dans une clameur de stade, et rien de tout cela n'était favorable à la bonne conduite des nations et de l'économie. Parfois Stan trouvait que Schizo allait un peu loin, et cependant il se disait qu'il n'avait pas complètement tort. C'est vrai qu'ils allaient vite, les films. Ils allaient si vite que parfois dans son cerveau les images se superposaient, fugitives comme la trace du poisson dans l'eau ou l'empreinte du serpent sur la pierre, et il ne savait plus de quoi elles étaient le signe. Peut-être même qu'elles n'étaient le signe de rien du tout. Comme une empreinte sans animal.

La pierre dans la main de Stan devint pur mouvement et dans son geste toute la lenteur accumulée se mua en vitesse et l'animal n'eut pas le temps de bouger ; la pierre s'abattit sur lui et Stan eut l'impression de broyer un crâne de nouveau-né. Le corps du serpent eut un soubresaut et se détendit. Stan lâcha la pierre comme si elle brûlait et resta là debout dans une sorte de stupéfaction, comme s'il ne s'était pas attendu à réussir.

Il trancha ce qui restait de la tête et ne put s'empêcher de jeter un coup d'œil à la mâchoire de l'animal. En lieu et place des deux crochets venimeux qu'il s'attendait à y trouver, un demi-cercle de petites dents de bébé suggérait qu'il s'agissait d'une couleuvre. Nu sur la pierre, debout dans le courant, sa tête de serpent à la main, il éprouva une sorte de remords. Il aurait préféré avoir affaire à un animal dangereux. Mais la faim l'emporta sur la pitié. Il essuya sur sa cuisse la lame de son couteau, il fit un feu et ce fut son meilleur repas depuis longtemps. Il s'allongea sur les pierres du bord et cela était plus confortable qu'il ne l'aurait cru. Comme si son dos s'adaptait au relief et que les aspérités lui massaient simplement l'échine. Il remit ses vêtements presque secs et ses chaussures sans lacets. Sa chaussette droite était trouée depuis longtemps, et il gardait la gauche en guise de filtre à eau. Il piétina les braises, jeta de l'eau sur les cendres, et s'éloigna avec un sentiment insaisissable de nostalgie : ce feu, ce repas, ce coin de rivière, ce moment d'oubli au soleil dans la berceuse entêtante du ruisseau, étaient, depuis son départ, ce qui s'était le plus rapproché d'un foyer.

22.

Il se dit qu'en suivant le cours du ruisseau il finirait par trouver une ville. N'était-ce pas ainsi que les villes se formaient ? Il fallait faire boire le bétail et les hommes, laver le linge, refroidir le fer sorti de la forge, faire tourner les moulins, se nourrir. Alors en temps de paix les villages s'installaient sur les rives. En temps de guerre, ils préféraient les hauteurs et les contreforts rocheux. Mais il n'y avait pas eu de guerre depuis longtemps. À présent, les guerres se tenaient au-delà des mers. On y envoyait les soldats comme lui, comme Nedjma, comme Schizo, et personne n'y pensait, parce que personne n'en voyait rien.

Il trouva d'abord un chemin. Pas une draille ou une sente animale, mais un sentier façonné par les humains qui fréquentaient la montagne : bergers, randonneurs, mystiques, apiculteurs, fermiers, chasseurs, naturalistes, citadins en quête de silence, photographes amateurs, amants secrets, pèlerins, fuyards, réfugiés hagards, humains souffrants, ne pouvant plus endurer la compagnie des autres, leurs regards, leurs paroles ineptes, leurs jugements catégoriques, leurs diagnostics, leurs injonctions et leur bêtise satisfaite.

En l'occurrence il n'y avait personne mais le sentier était peuplé de fantômes et Stan ne s'y trompait pas. Il sentait qu'un homme était passé, peut-être une heure avant, accrochant aux buissons une odeur de café, d'after-shave et de tabac brun. Plus loin, l'odeur planait sur une lourde pierre posée au bord du chemin et cette pierre était peinte aux couleurs familières des sentiers de grande randonnée. En considérant le trait rouge qui formait un coude pour indiquer un virage à droite, Stan prit conscience que c'était là le premier vestige humain qu'il voyait depuis longtemps.

Des signes comme celui-là, il en avait rencontré souvent au début. Parfois même, des panneaux de bois pyrogravé indiquaient un lieu-dit ou la proximité d'un hameau. Puis les panneaux s'étaient faits rares, mais il avait trouvé çà et là une croix, un calvaire, un cairn, un ruban noué aux branches d'un aulne, une pancarte « chasse gardée » rongée par la rouille, une baignoire d'étain ayant servi d'abreuvoir à des vaches disparues depuis longtemps, les restes d'une clôture ou une cabane effondrée. Puis à mesure qu'il marchait, les signes avaient disparu, à commencer par les noms. Sans doute une carte, quelque part, s'obstinait-elle à nommer le Pas-du-Loup, le Champ-du-Pendu, la Serre-du-Diable ou d'autres plus mystérieux, comme Rouveyre où poussaient encore des chênes rouvres, ou Orcières dans lequel nul n'entendait plus la présence de l'ours. Mais c'étaient des noms que plus personne ne prononçait, parce qu'ils désignaient des morceaux de territoire que plus personne ne foulait, de même qu'avant qu'on les découvre et les traverse et se les approprie ils n'avaient pas de nom. Et lui-même, Stanislas Kosinski, il n'avait plus de nom puisque personne ne l'appelait, puisque personne ne le voyait, puisque personne ne lui parlait, puisqu'il ne parlait à personne. Il n'avait plus de nom et il n'y pensait même pas.

Il marcha encore et soudain il s'arrêta, le cœur battant. Devant lui se dressait une haute silhouette, les bras écartés comme pour haranguer une foule. Sauf qu'il n'y avait personne et que l'homme ne bougeait pas. Stan respira. L'épouvantail semblait bénir un peuple invisible de musaraignes et d'oiseaux et son bras droit désignait un grand tilleul en bordure du champ. C'est là que Stan enterra son fusil, enroulé dans la couverture usée de l'ermite assassin. La terre sentait l'engrais chimique. Stan tassa le sol, le recouvrit de feuilles, et y posa deux pierres plates l'une sur l'autre. Puis il reprit la route.

Le torrent l'accompagnait toujours comme un animal fidèle. Il faisait maintenant cinq mètres de large et charriait les eaux réunies de nombreux ruisseaux de montagne. Stan avait l'impression d'être le berger de ce troupeau de sources vives, mais en l'occurrence le troupeau guidait le berger. Stan se demanda jusqu'où l'eau courait comme ça, et soudain la ville fut là – ou plutôt le halo de laideur et de bruit qui entoure toutes les villes.

Le cours du ruisseau s'était assagi et c'était maintenant une vraie rivière, et une route nationale se logea dans son sillon comme un parasite. Stan marcha sur le bas-côté dans les bourrasques des camions chargés de marchandises. Le vacarme des automobiles lui faisait mal et il devait maîtriser la panique larvée qui le guettait dans l'ombre. Afin de rester calme, il se concentrait sur ses pas, l'un après l'autre, le long des lignes blanches.

Ses pieds le faisaient à nouveau souffrir. Cela faisait si longtemps qu'il n'avait pas foulé l'asphalte, que le sol lui paraissait dur et agressif. Il éprouvait chaque pas comme un coup qui résonnait dans tout son squelette. Alors il posait le pied doucement sur le sol et fléchissait les genoux pour amortir le choc, ce qui lui donnait une démarche assez étrange.

Le bas-côté était jonché d'ordures. Paquets de cigarettes, canettes de Red Bull aplaties, cartons de lait à l'illustration délavée (un enfant blond souriant pour l'éternité), sacs plastique, chaussure de femme, hochet d'enfant, morceaux de pneus, gant de moto, billet de loto froissé, flash de vodka, paquets de chips, et dans tout ça de petites fleurs violettes qui poussaient malgré tout, dérisoires et puissantes, comme l'avant-garde d'une énergie capable de soulever tout le poids des choses mortes pour s'élever vers le soleil.

Plus loin sur le bord de la route, derrière la rambarde métallique, luisait une croix de fer forgé ornée d'un bouquet de fleurs en plastique et d'un pneu de voiture. Calé à l'intérieur du pneu, un cadre en plexiglas protégeait de la poussière et de la pluie les portraits de deux fillettes d'à peine huit ans. Il resta là un moment, scrutant le regard de ces enfants qui souriaient depuis peut-être dix ans et qui étaient mortes sous les roues d'un camion. Sur les photos, sans doute prises à l'école, elles souriaient de manière un peu figée, comme l'enfant aux dents parfaites de la brique de lait, aux yeux bleus délavés par la pluie. Il plongea ses yeux dans les yeux des deux fillettes et se décida enfin à entrer dans cette ville gardée par des enfants morts.

23.

Prisonnier d'un roncier, un sac plastique s'agitait comme une oriflamme au passage des voitures. Au-dessus, une ligne électrique bourdonnait comme un vieux frigo.

Derrière la friche où prospéraient les ronces apparut un espace dégagé : des hangars peints posés sur des parkings immenses. Magasin de bricolage, station-service, supermarché ; articles de sport, cuisines en kit, accessoires auto, jouets, jardinage, alimentation... Tout semblait à portée de main. Derrière ces grandes plaques de tôle de couleurs vives il y avait tout ce qu'on pouvait rêver. Un duvet, des munitions, des chaussures robustes. Mais Stan décida d'éviter les grandes surfaces. On ne le laisserait même pas y entrer. Il ne ressemblait pas assez au consommateur désireux d'engourdir sa peur en échangeant son argent contre quelque gadget fabriqué aux antipodes. Il passa donc son chemin et continua vers le centre.

Il longea d'abord un lotissement récent. Chacun des logements possédait son jardinet. Les pelouses minuscules étaient soigneusement entretenues. Les terrasses mitoyennes étaient séparées par de fines cloisons de bois saturé. Les barbecues à gaz dormaient sous leurs housses de protection. Des jouets d'enfants traînaient sur les trampolines. Des arbres avaient été plantés tout autour, maintenus par des carcans protecteurs, domestiqués. Les bacs à ordures étaient enfouis sous le bitume.

Puis ce furent des immeubles de quelques étages, de conception moins récente, déjà ternis par le soleil et la pluie. Des coulées noirâtres barraient le crépi rose. Des plantes aux feuilles poussiéreuses ornaient les terrasses où les locataires reléguaient ce qui ne tenait pas dans leurs appartements. Cela lui parut d'une tristesse poignante.

Il fut assailli par une violente odeur de graisse et de produits chimiques : à cent mètres de là, un kebab jouxtait un pressing et les deux échoppes soufflaient sur le trottoir leurs haleines puissantes et douteuses. Devant le kebab, un corbeau picorait une flaque de sauce ou de vomi. Stan eut un haut-le-cœur et pressa le pas. À la terrasse d'un PMU, quelques clients fumaient en regardant la rue d'un œil vide. Le tabac ne fit qu'aggraver sa nausée. Il n'avait pas fumé depuis longtemps ; étrangement, cela ne lui avait pas manqué. Les types du PMU le regardèrent passer d'un air méfiant. Une vieille en le croisant enfouit son nez dans un foulard qui sentait la poudre et le collutoire. Un groupe de jeunes filles se scinda en deux sur son passage et s'éloigna dans une cacophonie d'onomatopées rigolardes. Il stationna un instant dans l'odeur forte et sucrée des adolescentes, s'étonnant d'entendre parler sa langue.

Il perçut alors un parfum de légumes cuits. Son esprit forma l'image de la petite maison de brique où il avait passé plusieurs années de son enfance, et la cocotte-minute invariablement posée sur le rebord de la fenêtre pour y expulser sa vapeur odorante. Il suivit le fumet végétal où dominait le poireau jusqu'à une fenêtre entrouverte au rez-de-chaussée d'un immeuble. À l'intérieur, la télé était allumée. Sur l'écran, une machine fabriquait des billets de banque. Un homme regardait dormir une femme. La femme se réveilla et elle eut peur. L'homme souriait mais il avait l'air fou. Dans un salon une autre femme marchait pieds nus sur le carrelage et s'assit près d'un homme. La chemise de l'homme était de la couleur du carrelage. Ils parlèrent en se regardant droit dans les yeux. Il avait l'air démuni, elle avait l'air incrédule et elle avait de beaux cheveux qui devaient sentir bon. Deux femmes parlaient au téléphone. Elles avaient l'air préoccupé toutes les deux et elles semblaient très propres. L'une d'elles avait un bras dans le plâtre. Un jeune homme inquiet traçait des lignes au feutre rouge sur une carte d'état-major. Dans une chambre d'hôpital un homme mentait et cela se voyait. Il parlait à une des femmes propres. Une femme en blouse blanche entra et elle avait les cheveux très bien coiffés. Comme tous les autres, elle avait les yeux clairs et l'air préoccupé.

Le générique défila et une femme qu'il n'avait pas vue se leva du canapé. Elle poussa un cri en le voyant et ferma rapidement la fenêtre avant de tirer le rideau. Alors il vit son reflet dans la vitre. Une barbe dense lui montait jusqu'aux pommettes, sa peau était devenue très sombre et ses yeux semblaient y luire, sous une masse de cheveux qui faisait une sorte de mousse rêche où des mèches commençaient à se coller, improvisant des tresses à la manière d'une glycine s'enroulant sur elle-même.

Il entra plus avant dans la ville. Ça sentait les produits chimiques et les gaz d'échappement. Cette dominante s'enrichit successivement d'harmoniques de sueur fraîche, de curry et de morue salée, de graisse recuite et de cannabis, d'un mélange de viande morte et d'eau de Javel, de désodorisant pour voiture, d'eau de toilette de militaire en permission, de vêtements neufs en textile de synthèse, d'urine et de métal rouillé – sans parler des chiens qui trimballaient conjointement leur odeur d'animal et celle de leur foyer.

À un feu rouge, une voiture de sport laissait filtrer des basses puissantes. Le feu passa au vert et elle démarra, son moteur résonnant sur les façades noircies comme une rafale de fusil automatique. Un scooter au pot d'échappement trafiqué lui emboîta le pas. Stanislas pressa le pas devant un marteau-piqueur qui le rendit sourd plusieurs minutes.

Des effluves de colle et de caoutchouc le firent s'arrêter. Il regarda autour de lui et avisa une boutique de chaussures et de matériel de randonnée. Un imposant quinquagénaire en sortait en roulant des épaules dans un costume brillant et trop étroit. Dans la vitrine, il y avait ce que Stan cherchait : une paire de chaussures de marche à semelle épaisse et dont la tige montait jusqu'aux chevilles. Il les contempla un moment et se décida à franchir le seuil. Il entra dans l'odeur de cuir neuf, de cirage et de plastique comme on pousse une tenture trop lourde. Son passage déclencha une sonnerie synthétique qui le fit sursauter. La boutique était vide. Il hésita, puis se dirigea vers les chaussures qui semblaient attendre dans la vitrine qu'une bonne âme veuille bien les adopter. Il se dit qu'en agissant maintenant, il pourrait les prendre et s'enfuir – à condition qu'elles soient à sa taille. Il tendait la main pour les saisir quand un bruit le fit se retourner. Quelqu'un reniflait. Quelques secondes plus tard, une jeune femme arrivait depuis l'arrière-boutique. Elle lui lança un « bonjour » sonore, mais elle paraissait à peine le voir. Elle souriait mécaniquement. Ses yeux étaient rouges et ses cheveux sentaient la cigarette et le cortisol. Elle baissa les paupières un moment, comme pour une brève méditation, et releva ses cheveux. Une sueur acide, saturée de stress, parvint aux narines de Stan.

Elle soupira profondément, puis ouvrit les yeux.

– Je suis à vous.

Aussitôt il eut envie d'elle. Il se détourna vite, se racla la gorge et croassa, désignant la vitrine :

– Je voudrais ces chaussures. S'il vous plaît.

– Quelle est votre pointure ?

Elle baissa machinalement les yeux sur ses pieds et sembla se rendre compte à ce moment qu'il portait des haillons et des godasses dont un clochard n'aurait pas voulu. Elle releva les yeux.

– Je n'ai pas d'argent.

– Ah. C'est embêtant.

Elle souriait presque. Elle aurait souri, eût-elle été moins triste.

– Mais j'ai absolument besoin de ces chaussures.

– Je comprends.

– Merci.

– Je veux dire, je comprends la situation, mais… on fait quoi ?

– C'est une question de vie ou de mort.

– C'est la première fois que je vois quelqu'un vouloir des chaussures à ce point. Surtout ce modèle.

Il ne releva pas. Il avait l'air grave et perdu.

– Mais comme vous savez, je suis censée vous demander de l'argent en échange de cette paire de chaussures. C'est le principe.

– Je sais…

Elle réfléchit.

– Ou alors vous les volez.

Il ne comprenait plus.

– Par contre il y a une caméra derrière moi.

Il chercha la caméra du regard.

– Et une autre derrière vous. Ne les regardez pas. Et ne dites rien pour l'instant.

Il obéit. Elle se décala sur la gauche.

– Ce connard a mis des caméras dans tous les coins. Mon patron. Mais je les ai repérées. Il m'espionne. Ce pervers.

– Ah bon.

– L'autre jour j'ai mangé en vitesse dans la boutique, j'avais trop faim, et il m'est tombé dessus dix minutes plus tard. Il a fait comme s'il passait prendre des papiers, il a dit qu'il y avait des miettes et il a fait (elle imite grossièrement une voix d'homme) : « Je sais que tu as mangé là et tu sais que je ne veux pas de ça, j'ai été très clair à ce sujet. » Moi je croyais qu'il bluffait, comme les parents quand ils veulent coincer leur gosse, alors j'ai nié. Il faut toujours nier. Non ?

– Je sais pas...

– En principe c'est la chose à faire. Mais là il s'est énervé, il m'a dit de le suivre dans la réserve, histoire de ne pas se donner en spectacle derrière la vitrine, et il a dit qu'il savait que j'avais mangé, et il m'a même dit ce que j'avais mangé. J'ai rien trouvé à répondre, j'étais sciée. J'avais même pas fait de miettes. C'est comme ça que j'ai compris qu'il y avait une caméra quelque part. Mais je pouvais rien dire, il avait raison sur la bouffe. Après j'ai passé une heure à chercher partout, mais sans avoir l'air de chercher, juste en bougeant les yeux comme ça.

Elle bougea les yeux de gauche à droite sans tourner la tête, comme une marionnette ou un paraplégique. Stan l'imita inconsciemment.

– Et j'ai fini par trouver les caméras. Bref, il m'a accusée de mentir, de tricher, de manger en cachette, il a dit qu'on ne pouvait pas me faire confiance, que si ça se trouve je piquais dans la caisse, alors moi je disais non, c'est pas vrai, mais il continuait à m'accuser et il gueulait de plus en plus fort, il me postillonnait dessus c'était dégueulasse, il disait qu'il hésitait à en parler autour de lui, et moi j'avais peur, parce qu'il est à l'association des commerçants de la ville, alors s'il dit du mal de moi je vois pas comment je retrouverais du boulot. Il a vu que je tremblais et ça l'a encore plus énervé, il a dit que j'étais vraiment qu'une gourde, c'est ça qu'il a dit (il parle comme au Moyen Âge, ce gogol), il a dit que je n'étais bonne à rien et qu'en plus je n'avais aucun caractère. Et en fait il avait raison parce que moi j'étais là à chialer comme une... comme une conne, en fait, à rien pouvoir répondre... Et là vous savez ce qu'il fait ?

– Ben... non ?

– Il devient tout miel, tout gentil, il se met à parler d'une voix doucereuse et il dit qu'il est peut-être allé trop loin, qu'il faut pas pleurer, et là il me touche la joue, genre pour essuyer mes larmes, et il me fait un genre de hug bien collé-serré et il m'embrasse comme une gamine, mais bien près de la bouche, en disant que ça va, qu'on va repartir sur des bonnes bases tous les deux. Je vous mens pas : quand il a dit « tous les deux » j'ai cru que j'allais gerber. Pire que sa sale bouche sur ma joue et son parfum dégueulasse, en plus il revenait d'aller bouffer et il sentait l'alcool, le hareng et l'oignon. Alors les godasses si vous les voulez ben vous les prenez, moi j'en ai rien à foutre.

Il y eut un silence. La fille se moucha. Stan considérait la situation.

– Mais s'il y a vraiment une caméra, il verra que je les prends et que vous me laissez faire.

– Merde.

Elle réfléchit, et en arriva à la même conclusion :

– Merde. Évidemment. Il serait capable de m'envoyer les condés. Ou de m'obliger à le supplier pour qu'il ne le fasse pas.

Elle eut un frisson de dégoût.

– Mais il est où, là ? Il regarde les vidéos ?

– Non, il est parti déposer des chèques à la banque.

– Elle est loin, la banque ?

– Là, juste en face.

– Mais il est parti il y a combien de temps ?
– Juste avant que vous arriviez.
– C'est un grand type de cent kilos ?
– C'est ça.
– C'est pas bon, ça.
– Mettez-moi une droite et prenez les grolles.
– Je peux pas faire ça.
– Je croyais que c'était une question de vie ou de mort ?
– C'est... C'est pas ma taille.
– Vous m'aidez pas beaucoup, putain.
– Désolé.
– Vous faites du combien ?
– Du 43.
– Je vais voir ce que j'ai en réserve.

Il regarda nerveusement vers la porte. Il n'avait aucune envie d'affronter un grand connard d'un quintal qui filmait son magasin. Il se sentait à peine capable de courir. Son alimentation récente lui avait permis de survivre, mais son corps s'était beaucoup affaibli.

La fille revint avec une boîte.

– J'ai trouvé du 44. Arrachez-moi ça des mains et mettez-moi une baffe.
– Je ne peux pas faire ça.
– Vous abusez.

Elle se tourna vers la porte. Le type était de l'autre côté de la rue. Il s'apprêtait à traverser.

– S'il vous plaît.
– Frappez-moi sinon je suis complice et il va m'envoyer les flics.

Il se retourna. L'homme atteignait le trottoir. Stan sortit son couteau de chasse.

– J'aurais vraiment préféré une baffe.

Dans le même mouvement, il fit tourner la fille et se retrouva derrière elle, la lame posée sur sa gorge palpitante.

La fille tremblait comme un lièvre. Elle transpirait à la racine des cheveux et sentait très fort la peur. Elle avait le dos brûlant et moite et Stan sentait son pouls palpiter sous la lame.

L'homme poussa la porte et le carillon synthétique retentit avec une légèreté incongrue. L'homme vit Stan et la fille, et puis il vit le couteau, mais dans ses yeux l'incrédulité l'emportait sur la peur.

– Entre et passe dans la réserve.

L'homme ne bougea pas. Stan devina en lui le minable qui se rêve en héros, et il savait d'expérience que ce genre d'homme est dangereux. Avec ces types-là, il fallait jouer les mâles dominants, comme faisaient les bouquetins. Il appuya la lame sur la carotide de la fille et hurla, de sa voix gutturale et raboteuse.

– Dans la réserve ou je la crève !

L'homme bougea lentement. Il fit un pas et s'arrêta.

– T'arrête pas. Donne-moi ton téléphone et passe dans la réserve.

Puis il s'adressa à la fille.

– Vous aussi.

La fille eut comme un sursaut. Stan comprit et il se sentit con : après ce qu'elle lui avait raconté, il était hors de question de l'enfermer avec ce type. La fille était maintenant prise de spasmes fiévreux et Stan avait pitié d'elle et il aurait voulu s'excuser, mais en même temps il avait peur pour lui-même et malgré la peur il était bouleversé par ce corps chaud et vivant qu'il serrait contre lui, ça charriait des souvenirs et du manque, et quand il en prit conscience il se dit qu'il ne valait pas mieux que l'autre connard et il lui en voulut pour ça, alors il retourna contre l'homme la colère qu'il éprouvait. Il repoussa la fille, changea la prise sur le manche du couteau, pointant la lame vers le sol et armant son poing qui partit très vite en direction de l'homme comme pour traverser son thorax de part en part. Touché au plexus, le colosse se plia en deux et tomba, ouvrant la bouche comme un poisson sur le pont d'un chalutier.

– Elle ferme à clé, la réserve ?

– Oui, fit la fille.

Sa voix resta coincée dans sa gorge.

– Vous l'avez, la clé ?

– Elle est sur la porte.

– Bougez pas.

Elle en était incapable de toute façon. Il attrapa le patron par les pieds et le traîna jusqu'à la petite pièce sombre. Le type pesait une tonne. Il referma la porte et empocha la clé. Il se tourna vers la fille. Il voulait la remercier, mais au lieu de ça il lui arracha la boîte des mains.

– Vous voulez bien attendre un peu avant d'appeler les flics ?

Elle ne répondit pas mais à la façon dont elle baissa les paupières il vit qu'elle laisserait son patron mariner un moment avant de le secourir.

Il la remercia en silence et sortit en serrant la boîte contre lui.

Dehors la nuit tombait déjà. Il avait l'impression que tout le monde le regardait. Il fallait disparaître, maintenant. Tant pis pour le duvet. Quant aux munitions, ce n'était même plus la peine d'y penser. Il s'assit sur un banc pour enfiler ses chaussures neuves. Elles étaient un peu raides mais confortables. Il laissa sous le banc la boîte en carton, et dedans ses vieilles godasses sans lacets, et repartit d'où il était venu.

24.

À la sortie de la ville, non loin du mémorial de plexiglas dédié aux deux fillettes, une forme gisait sur le bas-côté. C'était un jeune renard. Il avait dû être heurté par une voiture et projeté dans les airs. Il n'avait pas de blessure apparente et son poil était celui d'un animal en pleine santé. Mais ses entrailles avaient dû être réduites en bouillie par le choc, et l'hémorragie interne ne lui avait laissé aucune chance.

Et puis Stan vit que les flancs de l'animal se soulevaient faiblement. Il s'agenouilla près de lui. Le renardeau ouvrit les yeux. Il n'y avait dans son regard que de la peur et de l'incrédulité. Comment aurait-il pu en être autrement ? Renard qui vis ta vie de renard, trouvant ton chemin parmi les traces que toi seul sais lire, tu arpentes un territoire dont toi seul connais les limites, tu t'orientes dans l'épaisseur du monde grâce à la mystérieuse arithmétique des sensations. Tu es le récepteur hypersensible de tout ce qui vibre et vit autour de toi, tu es la langue du serpent et la feuille de l'ortie, à l'affût de la plus infime oscillation de l'existence, et voilà que deux tonnes de métal froid te foncent dessus. Le faisceau blanc des phares au xénon et le vacarme de 462 chevaux te rendent aveugle et sourd, réduisant à néant toutes les facultés auxquelles tu dois d'avoir vécu jusqu'à cet instant. Durant quelques secondes, ta conscience est paralysée. Tu ne sais plus où tu es, tu ne comprends plus ce que tes sens perçoivent, tu n'es plus capable d'interpréter les signes, le chaos règne sur ton entendement, tes réflexes sont abolis et ton corps ne sait plus ce qu'il doit faire ni même ce qu'il peut faire. Quelques secondes seulement. C'est le temps qu'il faut à deux tonnes de tôle pour parcourir l'espace qui le sépare de toi. Le choc est tel que la douleur n'arrivera qu'après, alors que le 4×4 hybride bardé de capteurs est déjà loin, sa carrosserie nacrée intacte, tandis que sur le bord de la route, après avoir rebondi sur la bordure de sécurité comme une peluche abandonnée par un enfant colérique, tu te remets à respirer et à souffrir.

Stanislas Kosinski voit tout cela dans les yeux du renard. Il pense à Tarzan et à tous les êtres que la mort surprend alors qu'ils n'ont, peut-être, jamais pensé à elle, qu'ils ne l'ont jamais conçue comme un fait qui pourrait les concerner un jour. Il sait ce qu'il doit faire et son couteau est déjà dans sa main. Mais une paire de phares apparaît du côté de la ville. Le véhicule est déjà là et c'est une voiture de la gendarmerie qui ralentit à sa hauteur avant de poursuivre sa route. Durant une poignée de secondes Stanislas Kosinski croise le regard d'une jeune gendarme et il voit ce qu'elle voit – un Noir hirsute, vêtu de haillons et de chaussures neuves, penché sur un petit corps inanimé, un couteau à la main. Il sait que la voiture va faire demi-tour. Et la voiture fait demi-tour, à cent mètres de là. Elle accélère brutalement, mais quand elle s'immobilise dans un crissement de pneus, Stan n'est plus là et le renard non plus.

25.

Une sirène monte de la vallée, plus haut que les fumées.

Un homme marche sur les sentiers nocturnes en compagnie de ses fantômes.

Le vacarme fantastique de l'eau dans l'obscurité.

Dans un bois, un chevreuil s'épuise à poursuivre une femelle qui éprouve son endurance. Au matin, le sol sera nu au pied des plus grands arbres.

Le silence se pose sur les choses comme une couverture de feutre noir.

Les grandes nuits approchent, et le froid aussi.

Est-ce que les truites rêvent la nuit, se demande l'homme. Un souvenir de femme s'estompe peu à peu, son visage s'est effacé.

L’homme marche dans la senteur des achillées broyées sous ses semelles de caoutchouc.

Pourquoi fuir alors que personne ne le cherche ? Même la nuit, son ombre marche derrière lui.

Quelque chose en lui se dit qu’en rejoignant l’ombre de la montagne, son ombre d’homme disparaîtra.

– III –

Alt. 1 830 m

26.

C’est une odeur de musc et d’amande accrochée au tronc d’un épicéa. Une odeur qu’il ne connaît pas. Une odeur indéniablement animale et sexuelle, mais qu’il ne saurait attribuer à aucune créature. Une odeur qui allume dans sa poitrine un désir informulé. Il veut étreindre et il veut tuer, il veut connaître et absorber. C’est un appel inarticulé mais impérieux. Un signal qui résonne dans tout son être, mais qu’il est incapable d’interpréter. Alors il reste là dans cette odeur nouvelle, il ferme les yeux, ébauchant en esprit une cartographie des effluves, tirant un premier fil invisible entre deux arbres, et suivant ce fil comme un aveugle, sans même connaître la nature de l’être qu’il s’efforce ainsi de suivre. Alors il suit ce fil, puis un autre : d’arbre en arbre, l’odeur musquée forme une toile d’araignée instable, évanescente et néanmoins tangible. Il suit cette carte invisible qui se superpose au relief, lui donnant une dimension nouvelle et profonde. Et soudain l’empreinte est là, gravée dans la boue du torrent comme un signe à déchiffrer. Elle ressemble à une figure cunéiforme inscrite au stylet dans la cire d'une tablette. Deux griffes, ou plutôt un sabot effilé, fendu en deux : sans doute un chamois. Il se représente alors l'animal prenant appui sur ses postérieurs pour franchir le torrent d'un bond. Non. Dans ce cas l'empreinte serait plus profonde, et le sol moucheté de projections de boue. Il imagine alors l'animal se désaltérant dans le courant, le poids du corps sur les antérieurs. Un pied posé sur une pierre. Il regarde autour de lui. Il ne perçoit plus l'odeur d'amande. Il jauge le terrain et se dit que s'il était chamois, il remonterait vers les hauteurs en suivant le chemin de la moindre inclinaison.

Le voilà dans la prairie, qui sent le trèfle, les colchiques et – il le sait maintenant – l'urine de chamois. Il laisse ses pas le guider sur la pente de la prairie, toujours plus haut. Il chemine ainsi longtemps. La végétation se raréfie mais il n'y prête pas attention. Les ombres avancent avec une régularité de cadran solaire. Il perd de temps à autre la trace odorante de l'animal ; il s'en remet alors à l'intuition qui est le rapport de son corps à la montagne, et qui le mène à un éboulis.

L'effondrement minéral lui fait l'effet d'un appel. Il gravit rapidement les premiers degrés de cet escalier de hasard, s'arrête un moment pour considérer les alentours. Chaque mètre gagné transforme la structure du paysage. Chaque pas offre un nouveau point de vue, révélant tantôt un gouffre, tantôt un horizon nouveau.

Là-bas.

La silhouette du chamois se découpe sur l'arrondi d'un promontoire voisin, plus élevé, plus abrupt. La silhouette est presque indiscernable, de toute évidence hors de portée. Il ne pourrait pas en jurer, mais il est sûr que l'animal le regarde, qu'il l'a entendu venir il y a de longues minutes et qu'il se maintiendra toujours à bonne distance. Mais Stan Kosinski s'obstine. Il redescend de manière à se rendre invisible à l'animal, hume le vent, puis gagne en silence le tertre rocheux au prix d'un long détour. Le voici qui gravit l'escarpement nu en contournant le vent, qui emporte derrière lui son odeur et le bruit de ses pas. Sur les cent derniers mètres de l'ascension, il s'aide autant de ses mains que de ses pieds. Son effort est régulier, il ne sent pas la fatigue. Sa force s'accorde à la gravité, sa puissance musculaire semble exactement adaptée à son poids. Courbé comme un animal, il atteint le sommet du promontoire. Il rampe sur les derniers mètres, se couche à plat ventre et observe. L'animal est là, à portée de fusil, du moins pour un bon tireur. Il est grand et sa fourrure d'automne le fait paraître encore plus massif. Il n'a pas vu l'homme, mais ses oreilles tournent en tous sens comme des paraboles tournées vers l'espace à l'affût d'un signal.

Stan épaule son fusil. Il se souvient qu'il n'a qu'une balle. Il s'appuie sur ses deux coudes, la jambe droite repliée pour une meilleure stabilité. Il prend une longue respiration, place l'animal au creux de sa mire, arme le plus doucement possible, expire. Il prend une nouvelle respiration, plus profonde et plus lente, sans quitter sa cible des yeux. Une fourmi grimpe sur sa main ; il décide de l'ignorer. Il pose le doigt sur la queue de détente et regrette de ne pas connaître cette arme et d'ignorer la sensibilité de son ressort. Dans l'incertitude, il exerce d'abord une légère pression. Sent une infime démangeaison sur son index, baisse les yeux et voit la fourmi. Il l'éjecte d'une pichenette et reprend sa position, le corps détendu, le doigt légèrement moite posé sur la détente, l'animal à nouveau bien posé dans la mire comme pour un portrait en médaillon – mais –

Soudain :

Le chamois file comme une flèche et disparaît en une seconde. Comme s'il avait pressenti la mort, comme le rongeur sent l'ombre du faucon quand ses ailes masquent le soleil juste avant qu'il fonde sur sa proie.

Stan expire bruyamment et pose son front sur le sol. Quand il relève les yeux, s'assoit et regarde autour de lui, il ne voit que la roche aride, le pierrier désolé, et plus loin une énorme muraille nue à la cime déchiquetée qui barre le ciel et semble marquer la fin de toute chose. Il règne là un silence glacial et un inexplicable relent de terreur.

Quelque chose a fait fuir l'animal, quelque chose qui n'était pas l'homme et qui n'est pas la montagne.

27.

Il demeure longtemps sans bouger dans ce territoire hostile. Obsédé par la piste du chamois il a quitté, presque sans s'en apercevoir, le décor familier des alpages et des bois. Il aime les alpages, isolés du monde d'en bas par des forêts épaisses, protégés du néant par le toit des sommets. À ses yeux, l'alpage est vivant. À l'inverse, les monuments de pierre qui le dominent lui sont incompréhensibles. À plusieurs reprises il a éprouvé une angoisse obsédante à la tombée du soir, quand les montagnes deviennent ces silhouettes massives qui vous observent, ou ne vous observent pas, mais vous n'en êtes jamais sûr.

Devant lui, justement, la falaise de granit semble croître à mesure que la lumière tombe. On croirait une lame gigantesque au cœur d'une tempête pétrifiée. Cette masse opaque et tranchante lui semble un avatar monstrueux du mamelon familier qui faisait face au chalet, là-bas. Quelques pins lui montent jusqu'à la ceinture ; au-delà le mont est nu comme une coquille d'œuf et cette nudité est repoussante. Le pire, ce sont les parois lisses qui coulent, presque verticales, du sommet aux derniers sapins. Polies par le temps et lissées par le vent, on croirait des visages sans yeux, balafrés çà et là par les traces de torrents très anciens qui font sur la muraille comme des coulées de plomb fondu. Les nuages en passant y laissent des taches sombres, comme les stigmates d'une hideuse maladie. Puis la lumière décroît et le relief s'estompe alors que les créneaux du sommet se détachent sur le contrejour, et la montagne se met à ressembler à une forteresse effondrée dans une mer disparue, à l'ultime vestige d'une guerre titanesque, dont tous les protagonistes auraient été engloutis dans la mort.

À mesure que le monument de pierre amasse la nuit, Stanislas Kosinski se sent épié par l'ombre. Une ombre sans visage, mais bien vivante dans la puissance de son inertie. Presque une conscience. C'est cela : il a l'impression que la montagne pense. Que la montagne le pense, lui, et qu'il n'existe qu'en tant que la montagne le pense. Et cette idée le terrifie.

Juste avant la nuit, il s'ébroue et se hâte vers la forêt, regardant fréquemment derrière lui, sans savoir ce qu'il guette.

28.

Cette nuit-là, il est incapable de dormir. Il regarde la Lune cheminer d'une rive à l'autre du ciel avec une lenteur exaspérante. Cette lune qui fait déborder l'eau des océans et contribue à la fabrication des perles, cette lune que les paysans consultent avant d'ensemencer la terre, cette lune qui influe, dit-on, sur la vie des batraciens et sur le corps des femmes, cette lune, en montagne, est réduite à sa fonction de luminaire, instruisant le marcheur nocturne des pièges du terrain – encore que son guidage soit incertain et parfois trompeur. Mais elle ne fait, au fond, que souligner la monstrueuse impassibilité des cimes et le poids immense de la lithosphère – encore un mot que Schizo lui a sorti comme ça, venant de nulle part. Schizo racontait aussi que la Lune est un morceau de la Terre, projeté dans l'espace et condamné à un exil perpétuel après que la Terre fut heurtée par un gigantesque astéroïde, bien avant que l'homme existe, et même les dinosaures. Peut-être même la vie. En tout cas bien avant le début de la frise chronologique qui était punaisée au mur de la classe, à côté de l'affiche pour la prévention des violences intrafamiliales.

L'aurore le trouve adossé à un mélèze centenaire, entouré d'autres mélèzes aux aiguilles semblables à des paillettes d'or fumé. Il perçoit comme une menace qu'il ne sait pas nommer. Alors il la nomme l'hiver. Cette perspective qu'il tenait à distance se dresse à présent devant lui, massive, inconnue, dangereuse comme un sommet. Il songe à descendre à nouveau vers les plaines, les villes et leurs feux. Après tout il pourrait se fondre dans la masse, trouver un refuge, se couler dans les limbes de la cité, parmi les sans-nom, les clandestins, les réfugiés, les exilés de l'intérieur, les citoyens déchus, les interdits bancaires, les indésirables, les fuyards, les perdants du grand jeu du travail et de la propriété, les accidentés, les fous, les handicapés, les esclaves en fuite, les échappés du recensement, les putes africaines arrivées par container, les rescapés faméliques de guerres lointaines, les clochards et les fantômes. Il y songe sérieusement. Seulement voilà : il en a vu, des soldats perdus, errant dans des villes qui ne voulaient pas d'eux, mendiant aux feux rouges et cherchant le sommeil sous les Abribus. Il les a vus et il a senti qu'il pouvait devenir l'un d'eux, que ce n'est parfois qu'une question de hasard ou de circonstance, et qu'au fond il n'est pas si différent.

Il arrête de spéculer. Il n'y a que deux choses à considérer : la faim, et le froid qui vient.

Il y a aussi une autre chose, en réalité, mais il ne veut pas y penser : cette chose invisible qui a fait fuir le chamois et dont il ressent la présence diffuse. Ce n'est pas l'hiver et ce n'est pas la faim.

Il a peur mais il ne peut pas se permettre d'avoir peur. Il se lève et traverse à nouveau la forêt – vers le haut, vers les chamois.

Il s'arrête, dos à la lisière, général d'une armée de mélèzes adossé à la ligne d'ombre de ses soldats en ordre de marche.

Le sommet de granit paraît moins terrible dans l'aurore tardive. Mais sa permanence même le rend intimidant. Il fait un pas en arrière et se couche sur le ventre dans l'ombre des arbres et il ne bouge plus. Il s'attendait presque à trouver là le mâle qui lui a échappé hier. Il n'est pas loin, il le devine. Une brise légère lui souffle dans les narines. Il remplit ses poumons de l'haleine de la montagne. Il ne sent ni ne voit l'animal. Mais qui sait si l'animal ne le cherche pas des yeux ? Le seul moyen de se rendre invisible est de ne plus bouger. Il reste là longtemps, le fusil prêt à l'usage. Il a faim mais il s'efforce de ne pas y penser.

La lumière change – moins vite que d'habitude. Le ciel est d'un gris presque opaque et sa lueur pâle ne jette aucune ombre. Il y a dans l'air quelque chose d'inhabituel, comme une odeur de pierre et d'eau. Une odeur douce et triste, lisse comme un galet lavé par un courant frais, et cet air gris clair lui entre par le nez, gagne sa gorge et emplit sa poitrine et prend la forme de son crâne.

Le silence aussi est inhabituel. C'est un silence qui semble retenir son souffle. Quelque chose se passe. Quelque chose se prépare. Stan Kosinski regarde autour de lui mais il ne voit rien. C'est quand il reporte son regard devant lui que le premier flocon vient se poser sur le canon noir du fusil.

29.

Une heure plus tard, quinze centimètres de neige recouvrent la terre et tout est métamorphosé. La lumière paraît s'élever du sol, jusqu'à la lourde tenture opaque du ciel. Stan Kosinski reste longtemps figé, entre panique et fascination, incapable de prendre une décision. Enfin il voit le parti qu'il peut tirer de la situation, et il se met en mouvement.

Dans le sous-bois, le manteau neigeux témoigne d'une intense activité. Par endroits tassé par le passage des lièvres, moucheté par leur urine rosâtre, il porte ailleurs la trace d'un animal plus lourd mais court sur pattes – peut-être un blaireau – dont le ventre dessine une large trace sinueuse. Un herbivore a gratté le sol de ses sabots pour se nourrir. Cela pourrait être un chamois. Ou un chevreuil, ou un cerf. Il hésite, songe à suivre la piste. Si l'animal est de bonne taille (ce que semble indiquer l'écartement des empreintes), il pourrait constituer une réserve de nourriture conséquente, et sa fourrure, s'il s'agit d'un grand cerf, doit bien valoir celle d'un chamois. Mais a-t-il vraiment le choix ? Il examine les empreintes de plus près : elles ressemblent beaucoup à celle du chamois. Il maudit son ignorance. Il se sent stupide. Stupide et aveugle, une fois de plus entravé dans son appréhension du monde. Et il prend conscience, pour la première fois, que cette ignorance pourrait lui coûter la vie. Il se voit comme ces animaux nouveau-nés qui ne doivent leur survie qu'à la chance ou à la vigilance d'une mère. Et Stanislas Kosinski ne peut compter ni sur l'une ni sur l'autre. Incapable de prendre une décision sur des fondements rationnels, il décide de s'en remettre à son instinct. Il lui revient, d'on ne sait où, cette expression qu'il n'a jamais vraiment comprise et qu'utilisait beaucoup son major : « lâcher la proie pour l'ombre ». Pour le major, ça avait l'air d'un truc qu'il ne faut jamais faire. Mais ce jour-là, pour une raison qu'il serait incapable d'expliquer, Stanislas Kosinski choisit de lâcher l'ombre du chamois pour traquer une proie dont il ignore tout. Il mémorise l'empreinte que la neige recouvre déjà en partie, relève la tête et écoute sans bouger. Il lui semble distinguer le murmure infime de l'air quand chaque aiguille de chaque branche de chaque mélèze y trace son sillage comme une lame de rasoir à la surface d'un lac. La forêt lui fait l'effet d'un orgue silencieux. Un aboiement rauque résonne à sa droite. C'est un cri presque humain, d'un humain en proie à la peur. Mais il sait qu'il n'y a pas de voix humaines dans cette forêt. Et le cri se répète, identique, et pourtant c'est une sorte de toux maladive qu'il évoque à présent. Stanislas évalue la distance à deux cents mètres, s'oriente à l'oreille et découvre de nouvelles empreintes. L'animal semble vadrouiller sans inquiétude. Peut-être n'a-t-il pas senti l'homme. Un peu plus loin en contrebas, un piétinement aléatoire autour d'un arbuste à demi dévoré semble indiquer que le chamois, ou le cerf, ou le chevreuil, ne se sent pas traqué. À nouveau un aboiement bref se fait entendre. La forêt résonne comme une cathédrale déserte. À plusieurs reprises, une corneille semble répondre à l'animal et une idée absurde traverse l'esprit de Stanislas Kosinski : et si l'oiseau signalait au gibier la position du chasseur ? Sa raison lui impose d'ignorer cette idée. C'est une idée de conte pour enfants et en d'autres circonstances il en sourirait. Mais il lui reste de cette image une insistante sensation d'infériorité. Lui qui aime à voir sans être vu, lui qui – il s'en aperçoit maintenant – a toujours été en proie à la tentation de l'effacement, lui dont tous les choix semblent avoir été mus par un rêve de disparition, lui qui croyait, enfant, qu'une tenue de camouflage le rendrait aussi invisible aux habitants des bois que le prédateur qu'affronte Arnold Schwarzenegger dans ce film qu'ils avaient vu si souvent au foyer, les corneilles lui disent à présent, à ce moment précis, à quel point il est incongru dans cette forêt. Plus qu'un corps étranger, une anomalie. Dans cette neige dont le froissement sous ses chaussures neuves lui fait l'effet d'une alarme assourdissante, dans cette blancheur qui révèle par contraste sa silhouette inepte de bipède, il se sent infirme et, davantage encore, il se sent observé, écouté, épié par mille créatures qui ont, elles, la science innée du secret. Au bord de l'angoisse, il chasse de son esprit cette vision de cauchemar et décide que rien ne doit l'arrêter.

Dans la neige nouvelle, la trace de l'animal est facile à suivre. Son pas est régulier. C'est le pas d'un animal qui n'a pas peur. La profondeur des traces et l'empattement révèlent un spécimen plus grand qu'un chevreuil. Certainement un cerf de bonne taille. Stanislas Kosinski le suit d'un même pas, s'arrêtant souvent pour écouter. D'après le rythme auquel la neige recouvre les traces de l'animal, seules deux ou trois minutes les séparent. Dans une trouée, le cerf semble s'être retourné, comme pour attendre l'homme. Pourtant, il ne se montre jamais, comme s'il entendait maintenir une distance constante avec son poursuivant. Car ce dernier n'a aucun doute : l'animal sait qu'il est là et qu'il le suit. Lui n'a pour seul indice que les empreintes dans la neige. C'est-à-dire qu'il est condamné à suivre. Impossible d'anticiper, de deviner, de prévoir le prochain mouvement de son adversaire. Il a l'impression de déchiffrer un texte qui n'en finit pas de se déployer sous ses yeux, s'effaçant à mesure qu'il le lit. Il ne peut même pas s'aider de l'odeur du cerf, probablement inhibée par le froid et masquée – pour lui en tout cas – par le puissant parfum des pins. Alors il continue de suivre les traces, comme il le fait depuis déjà une heure.

Mais soudain, les empreintes changent radicalement.

Le cerf semble avoir effectué une brusque volte-face. Ses appuis dans la neige révèlent un bond phénoménal suivi d'un galop désordonné. La piste zigzague entre les arbres, à l'opposé de la promenade désinvolte par quoi la traque avait commencé. Peut-être, finalement, l'animal n'avait-il pas conscience de l'homme qui le poursuivait ? Peut-être un revirement de la brise a-t-il dévoilé sa présence ? Stanislas Kosinski ne s'avoue pas vaincu. Il lui est arrivé de surprendre un daim se gavant des épluchures qu'il avait mises au compost. L'animal avait détalé si vite que Stan n'avait d'abord eu que la sensation de la fuite, que son esprit avait brièvement assimilée à un vol de perdrix au-dessus des buissons. Puis l'animal s'était immobilisé cent mètres plus loin, l'avait regardé longuement, avant de repartir d'un pas lent.

Il décide alors de faire ce qu'il aurait dû faire bien plus tôt. Il choisit un pin noir dont une branche a été récemment cassée. De la résine s'écoule de la plaie jusqu'au sol. Il en enduit ses vêtements comme il peut, se frottant le ventre et le dos contre le tronc humide, tout en évitant de toucher de ses mains la sève collante comme de la glu. C'est alors qu'il est frappé, comme à retardement, par des effluves qu'il a perçus depuis un moment, mais négligé d'analyser, tant sa capacité d'attention, la fatigue aidant, s'est réduite à l'approche du cerf. Il n'a pas dormi depuis deux jours, et son cerveau ne peut plus prendre en compte qu'une part de plus en plus réduite des signaux que ses sens perçoivent.

Le signal, en l'occurrence, est fort. Et il est double : il y a d'abord cette odeur fauve, très différente de celle de tous les herbivores qu'il a pu croiser ; et puis sur cet arbre dont il vient d'embrasser le tronc, d'abondantes touffes de poils brun foncé, collées à la résine et, à présent, sur ses propres vêtements. Ce ne sont pas des poils de cerf. Ni de chevreuil ni de chamois.

Stan Kosinski entend un souffle derrière lui.

Il se retourne et ressent comme un choc électrique dans l'épine dorsale.

L'ours est là.

30.

L'ours est là et le regarde. Une vapeur épaisse s'élève de sa fourrure sombre. Sa silhouette exsude une impression de force pure. Comme l'âme d'un mourant s'élevant au-dessus de son corps transi, la conscience de Stanislas Kosinski se déporte et perçoit la scène comme la perçoit peut-être la corneille de tout à l'heure, et ce qu'il voit c'est un homme famélique, affaibli par un régime alimentaire insensé, et devant lui une bête en pleine santé, dont la nature satisfait tous les besoins. L'épaisse fourrure brune respire la jeunesse et la vigueur. Les flancs énormes et les épaules musculeuses font paraître la tête menue, avec ses yeux minuscules et sombres disparaissant presque dans le visage couvert de poils, renforçant l'image d'un être qui ne serait qu'un corps, qu'une énergie, pur élan vital et pure capacité de tuer.

Kosinski sent la peur l'envahir et le paralyser. Pour la première fois, il rencontre un animal sauvage qui ne le craint pas. Un animal dont il ne saurait prévoir la réaction s'il tentait de l'éloigner. Si l'ours se jette sur lui maintenant, il n'a aucune chance de lui échapper. Alors il reste immobile, tout en sachant qu'il doit faire quelque chose. Comme tout le monde il a entendu dire que la meilleure solution, face à un ours, serait de « faire le mort ». Il n'y croit pas. Pour savoir s'il faut y croire, il faudrait essayer. Or avoir assez de sang-froid pour essayer sans savoir si l'ours va vraiment se désintéresser de vous ou, au contraire, se réjouir d'avoir à portée de griffes une proie consentante, ça, il ne croit pas que quiconque s'y soit jamais résolu de son plein gré.

Il tente de se rappeler les conseils de Mathilde concernant les chiens de troupeau, mais il ne se souvient que d'une chose : il faut détourner le regard. Stan s'efforce de regarder légèrement à côté du fauve, pour le garder dans son champ de vision sans le dévisager.

L'ours, lui, regarde Stan Kosinski. Mais ce qu'il voit exactement, Stan Kosinski ne saurait le dire. Une silhouette efflanquée plantée sur deux pattes maigres, sans doute. Ce qui est sûr, en revanche, c'est que son odorat perçoit quelque chose d'absolument inhabituel. Son museau semble aller cueillir, de droite à gauche et de gauche à droite, des molécules olfactives qu'il peine à interpréter. Ses oreilles viennent en soutien, orientées vers l'étrange silhouette. Mais la silhouette ne fait pas un bruit. Stan Kosinski ne bouge pas. Il respire à peine et pourtant il entend l'air sortir de ses narines contractées par le stress. L'ours souffle un nuage de vapeur et fait un pas dans sa direction, comme pour l'étudier de plus près. Stan aperçoit alors ses pieds, larges comme ses deux mains à lui, hérissés de griffes aussi longues et tranchantes que son couteau de chasse. Alors Stan Kosinski amorce un mouvement très lent. Si lent qu'il est à peine perceptible. Ce mouvement a un but mais ce but est lointain : il s'agit d'attraper de sa main gauche le fusil qu'il porte à l'épaule, puis de l'armer. Stan Kosinski a de l'entraînement, mais il s'est toujours entraîné à agir vite, jamais à agir lentement. Et sur le trajet qui mène de sa main gauche à son épaule droite, et plus encore sur le trajet du fusil entre l'épaule et la main, il découvre combien ses membres pèsent, et combien la lenteur et l'équilibre sont choses ardues.

L'animal pousse alors un cri guttural, rauque et puissant, qui vient des tréfonds de ce corps énorme et qui résonne bien au-delà de la forêt, sur tout le territoire du fauve et qui semble dire : *Vous tous qui entendez ce cri, vous êtes chez moi.* De fait, Stan Kosinski a l'impression très nette d'avoir pénétré par effraction sur le territoire d'un seigneur inconnu et puissant. Il se sent pris en faute. Il a une pensée furtive pour le cerf qui l'a entraîné dans ce piège : l'a-t-il fait sciemment ? Ou a-t-il été surpris lui-même par l'irruption de l'ours ? Où est-il à présent ? Stan donnerait cher pour le savoir à ses côtés, ne serait-ce que pour partager sa peur avec quelqu'un, pour se dire que sa peur n'est pas irrationnelle et que le danger n'est pas pour lui seul, soit que la fureur de l'ours se détourne sur le cerf, soit qu'en mourant, si Stan Kosinski devait mourir aujourd'hui, il meure non dans la solitude, mais dans ce qui pour lui se rapproche le plus, à ce moment, de la fraternité : le regard d'un cerf qu'il a voulu tuer.

Car le mugissement terrible qui résonne encore à ses oreilles lui transperce le cœur plus sûrement, plus violemment que toute parole. Cette vibration inarticulée de l'air est tout ce qui sépare le fauve de sa proie. Elle sépare la vie de la mort, et dans cet espace il n'y a que de la terreur pure. C'est un cri qui monte des profondeurs du temps, d'un lointain ténébreux, qui a résonné sur les parois des cavernes et dans les forêts primaires aujourd'hui disparues ; c'est un cri d'avant l'homme, mais c'est aussi un cri qui est en l'homme et que l'homme avait oublié, si bien que lorsque l'ours crie, ça crie en l'homme : ça vibre, ça résonne, ça monte et ça jaillit.

Stan Kosinski s'aperçoit qu'il est en train de hurler lui aussi. Le fauve l'écoute avec une sorte de surprise. Mais soudain l'animal se met en mouvement.

Il charge.

Sa course est puissante et rapide. Stan Kosinski a quelques secondes.

Il saisit le fusil, épaule, arme, vise la tête, se ravise, vise le poitrail de l'animal, temporise pour être sûr de faire mouche, attend, attend encore, encore une demi-seconde – et tire.

Mais l'ours poursuit sa course.

Impossible. Il n'a pas pu le manquer.

Avant même qu'il soit sur lui, Kosinski sent son odeur, plus violente que tout ce qu'il a pu sentir jusqu'à présent, une odeur indéfinissable, plus qu'animale, une puanteur bestiale qui vient des mêmes tréfonds obscurs que le rugissement de l'ours et dont Stan Kosinski, la proie, se demande comment elle a pu lui échapper quand il pourchassait le cerf.

L'ours rugit et s'arrête.

Et au moment où le tireur s'attend à le voir mettre un genou à terre, il se dresse sur ses postérieurs. Il mesure deux mètres et à cette distance, sur ses deux pattes, il ressemble à une parodie monstrueuse, à un humain de carnaval, à un cauchemar.

Sa poitrine ne porte aucune trace de blessure.

Dans un geste absurde, Stan presse une nouvelle fois la détente. Mais le chargeur est vide, il le sait, il l'a vérifié cent fois. Alors il lâche le fusil et saisit le couteau qui ne quitte pas sa ceinture et qu'il a aiguisé, jour après jour, sur les pierres du chemin. Il ferme son poing sur le manche, où chacun de ses doigts trouve sa place.

Mais déjà l'animal est sur lui, et il n'y a plus de peur car il n'y a plus de place pour la peur. Il n'y a plus de place que pour l'action, l'efficacité, le résultat, la survie. Il a déjà vécu cela en opération, ces moments où il n'a même pas à lutter contre la panique, parce que tout son être sait que le succès dépend d'une inhibition momentanée mais totale des émotions, au premier rang desquelles la peur. Il s'agit alors de vivre uniquement, totalement, le moment présent, et en aucun cas de laisser son esprit se représenter l'avenir, même proche. Toute représentation de l'avenir est source de peur. Toute représentation de l'avenir est représentation de l'échec – de plusieurs versions de l'échec. Se représenter l'avenir c'est regarder sa propre mort.

Stanislas Kosinski fait alors la seule chose qui lui laisse une chance d'esquiver les griffes mortelles : comme un boxeur qui craint l'allonge de son adversaire, il se jette contre l'animal. Dans une ligne droite fulgurante, son couteau vole de bas en haut jusqu'à la gorge de l'ours. Le sang jaillit et son jet puissant se déverse sur le crâne de l'homme dans un simulacre de baptême antique.

Mais l'ours est toujours debout. Il serre l'homme entre ses antérieurs dans une sorte de danse grotesque qui tient de la parade amoureuse et du catch – n'était le sang qui coule à présent de la gueule de l'animal et se déverse dans la bouche de l'homme, grand ouverte dans un effort désespéré pour respirer. Il s'étouffe, il se noie dans le liquide chaud et visqueux, il lui en sort par le nez et il en sent le goût dans sa gorge. Mais ce qui l'effraie davantage, ce qui fait qu'il n'a plus aucun contrôle sur sa peur à ce moment, c'est d'abord la conscience soudaine de l'extrême fragilité de sa cage thoracique entre les pattes de l'ours. Il a souvent pensé à la façon dont il ne voudrait pas mourir. Se noyer dans son propre sang après qu'une de ses côtes, brisée, lui aura transpercé le poumon a toujours figuré très haut dans la liste de ses hantises. L'autre motif de peur – car la peur est revenue très vite après cette parenthèse de calme et de lucidité – est que l'ours paraît incapable de mourir, alors même que le sang jaillit de sa blessure au rythme puissant de son cœur, inondant la poitrine de l'animal en même temps que les cheveux de l'homme, et jusqu'à l'humus qui se détrempe sous les pieds des deux lutteurs abîmés dans leur chorégraphie désespérée.

Dans les cadences mêlées de leurs deux souffles, le cerveau privé d'oxygène de Stanislas Kosinski forme l'image d'un corps à corps avec un être immortel, dieu des montagnes et des forêts : inaltérable comme les montagnes, immortel comme les forêts qui, puisant leur vigueur dans leur propre dégénérescence et la corruption de leurs sols, semblent tirer leur vie du travail de la mort.

Et puis l'animal tombe.

L'espace d'une seconde, Stanislas Kosinski en est sûr, l'animal plonge son regard dans le sien. Stan Kosinski en est sûr car il a vu très distinctement une petite flamme verte s'allumer, puis s'éteindre aussitôt dans les yeux fauves de l'animal.

L'animal tombe et l'homme tombe sous lui, écrasé par cette masse colossale encore alourdie par la mort – la vie s'étant retirée avec tout ce qui, en elle, luttait à chaque instant contre la pesanteur. La pesanteur qui à présent fait pénétrer lentement les griffes de l'animal dans la chair de l'homme alors même que l'animal rend son dernier souffle, et avec lui toute volonté de tuer.

31.

Quand Stanislas Kosinski parvient à s'arracher au cadavre de l'ours, la nuit a rempli la forêt et la douleur palpite dans tout son corps. Son épaule et son flanc saignent. Il doit se contorsionner pour constater les dégâts. Il pare au plus pressé en refermant les plaies grâce à la résine des branches brisées durant l'affrontement. La manœuvre est longue et difficile car une autre douleur, plus lancinante, lui fend la poitrine : sans doute une côte brisée ou fendue. Heureusement, il respire normalement, même si toute inspiration profonde se paie par une douleur foudroyante. Il songe à utiliser l'armature rigide de son sac pour soutenir sa cage thoracique, mais il est à bout de forces. Il doit récupérer avant tout. Il s'étend sur le tapis d'aiguilles brunes. Le relief des cônes tombés au sol lui fait mal. Il a froid. Il se rapproche du cadavre de l'ours et s'étend contre lui pour bénéficier de la chaleur qui s'échappe doucement du corps. Cette tiédeur le fait sombrer dans un sommeil goudronneux, enveloppé dans la puanteur de l'ours comme dans une couverture bienfaisante.

Il se réveille dans une mare de boue, de sang et de neige fondue. L'animal est encore tiède, les flocons fondent au contact de la carcasse. Kosinski se lève avec difficulté. La douleur au thorax est toujours vive mais il peut bouger. Les plaies à l'épaule ne saignent plus. Il peut bouger les bras. Il pisse tout autour du carnage, sans être sûr que cela serve à quoi que ce soit. Il ramasse son couteau de chasse et considère l'ours un long moment, comme pour s'assurer qu'il ne rêve pas, que tout cela a bel et bien eu lieu.

Le plus gros animal qu'il ait jamais dépecé devait être un lièvre. Il avait alors dix ans. Il se dit que ça ne doit pas être trop différent et affûte sa lame sur une pierre, histoire de retarder le moment de s'y mettre. Parce qu'il va d'abord falloir faire basculer la bête sur le dos. Il n'y parvient qu'au terme d'un corps à corps acrobatique et douloureux.

Il reprend son souffle, puis pratique une longue incision en partant du milieu du ventre. Il doit s'y reprendre à plusieurs fois. La fourrure est si épaisse que la lame crantée peine à trouver la peau. De plus, il craint à la fois d'abîmer le cuir, et de percer les intestins ou l'estomac.

Soudain le ventre se vide comme un sac et les viscères se répandent sur le sol déjà spongieux. Il s'octroie une pause avant de partir à la recherche des organes qu'il se croit capable de reconnaître. Il a le vague souvenir d'avoir vu, dans un film, un trappeur écorcher un animal après l'avoir suspendu à un arbre. Mais lui n'a pas de corde. D'ailleurs, dans son état, il n'aurait jamais pu soulever un ours de cette taille. Et puis dans le film, l'animal était déjà suspendu quand la scène commençait. Sans doute avait-il fallu deux ou trois assistants pour hisser ce machin. Kosinski, lui, doit s'agenouiller dans la boue sanglante et plonger dans les entrailles de la bête. Découper le diaphragme, prendre à pleines mains le cœur et les poumons encore chauds et les jeter sur les intestins qui glissent sur le sol comme un nœud de serpents.

Ôter le foie, les reins et tout un tas de choses sanglantes et qui ont encore la souplesse que donne la vie. Il a si chaud qu'il a ôté la plupart de ses vêtements pour mieux travailler, et son corps prend la couleur des matières qu'il remue.

Quand la carcasse est vide, il la retourne sur le ventre afin que s'écoule ce qui reste de sang. À présent la dépouille est nettement moins lourde. Il reprend son souffle et urine à nouveau tout autour, comme pour édifier une muraille invisible contre les charognards de toute espèce. Puis il retourne à nouveau la carcasse sur le dos, et poursuit l'incision ventrale jusqu'à la gorge. Il s'y prend mal, il s'y prend comme il peut, les pattes et la tête lui posent des problèmes, mais une heure plus tard il contemple le fruit de son travail : une peau d'ours plus grande que lui, suspendue aux branches basses d'un mélèze tricentenaire, séchant lentement au soleil pâle de midi. Il retrouve l'orifice pratiqué par la balle qu'il a tirée, confirmation qu'il avait bien touché l'animal, bien que l'épaisseur de la fourrure ait rendu la blessure invisible. Il voudrait finir le travail – il lui tarde de s'envelopper dans ce manteau épais comme une cuirasse et de se reposer enfin. Mais il lui faut d'abord s'occuper de la viande.

Après les efforts de la matinée, il a froid et il a faim. Il a cessé de neiger mais la température est tombée. Il allume un feu, aiguise à nouveau son couteau, et se découpe un large steak dans le postérieur de l'animal étendu sur la neige sale. Le fumet de la viande sur le feu le fait presque défaillir, et il n'a pas la patience d'attendre la fin de la cuisson. De sa vie il n'a jamais rien mangé d'aussi bon. Il aimerait tant que Nedjma soit là. Et Schizo. Son émotion est telle qu'il est pris d'une sorte d'élan fraternel pour l'ours, et avant même de réfléchir à ce qu'il fait, il le remercie à haute voix de lui avoir fait don de sa chair.

Il doit maintenant lutter pour ne pas s'endormir. Il se frotte le visage de neige et entreprend de débiter la carcasse.

Deux heures plus tard, il a devant lui plus de viande qu'il ne saurait en transporter. La neige a repris de plus belle et il faut songer à trouver un abri pour la nuit. Seulement il ne peut se résoudre à s'éloigner de ses vivres, si chèrement conquis. Pas question qu'un renard, un lynx, un loup, ni même une fouine, ne récolte sans effort le fruit de son travail acharné, de sa douleur, de son corps-à-corps avec la peur. Alors il coupe les branches basses du mélèze le plus proche, laissant des chicots assez longs pour y poser le pied, ce qui lui permet de suspendre en hauteur ses quartiers de viande. L'opération lui prend du temps parce que le moindre effort le fait souffrir et qu'il accomplit chacun de ses gestes avec lenteur et précaution. Les branches coupées lui feront un matelas assez épais pour l'isoler de la neige. Il étend dessus la peau de l'ours, cuir vers le sol. Il ne peut se résoudre à s'envelopper dans la fourrure avant qu'elle ne soit parfaitement nettoyée. C'est cette entreprise qu'il médite encore lorsqu'il s'endort, invisible sous les branchages dont il s'est couvert et que la neige enveloppe de silence et de nuit.

32.

Il émerge de sa tanière de neige avant l'aube. Il sait déjà ce qu'il va faire parce qu'il vient de le rêver. Grâce à la chaleur de son corps, la peau de l'ours est encore souple. Il en fait un rouleau épais et entreprend de descendre jusqu'au torrent dans lequel il avait, en vain, tenté de pêcher. Quelque chose l'attire là-bas. Peut-être l'impression que ce vallon coupé du monde l'enrobe comme un cocon. Tout autour les hauteurs sont douces et leurs arrondis forment comme le corps d'un serpent colossal qui tiendrait le monde entier dans son étreinte endormie. Il s'était déjà dit cela chez lui, là-bas.

C'est cela : cet endroit lui rappelle sa colline.

Le torrent fume au creux du vallon. Kosinski presse le pas. L'air froid le surprend quand il avance dans l'ombre de la rive la plus escarpée : trente mètres de roche verticale, creusée par le passage de l'eau, qui n'a pas dû cesser depuis que la montagne existe. La rive opposée, celle où il se tient, est plus douce. C'est de ce côté qu'il s'agenouille et, dans un trou d'eau plus calme, commence par laver le sang coagulé sur le pelage. Puis il retourne la peau et l'étale sur une large pierre plate à fleur d'eau. Il n'a qu'à tendre la main pour trouver un silex au tranchant assez effilé pour racler convenablement le cuir. Avec des gestes de lavandière il ôte ainsi les lambeaux de chair, de graisse et de cartilage encore attachés à la peau, parachevant son ouvrage en y frottant quelques poignées de sable et de gravier, avant de rincer l'ensemble dans le courant.

Alors qu'il cherche un endroit où mettre à sécher la pelisse alourdie par l'eau, il parcourt des yeux les alentours et s'arrête, intrigué, sur un relief plus sombre qu'il n'avait pas remarqué sur la paroi rocheuse qui lui fait face. Après une hésitation, il pose la peau sur un arbuste, traverse le cours d'eau et examine la paroi. Les anfractuosités du rocher lui permettent de l'escalader sans peine sur une dizaine de mètres. Là, un jeune aulne l'aide à se hisser sur un replat. Derrière lui : la rivière, la prairie enneigée, puis la forêt ; devant lui, une obscurité profonde, vivante et sonore.

Il sait qu'il est arrivé.

La grotte est partiellement masquée – d'abord par un bosquet de hêtres ; ensuite par une cascade de lianes moussues qui en ornent l'entrée. Les lianes les plus anciennes semblent s'être pétrifiées avec le temps et soudées à la roche, formant à l'entrée de la grotte des tresses minérales dignes d'une fontaine baroque. Une eau limpide goutte sur le sol avec une régularité de clepsydre. La voûte est incurvée comme le flanc d'un navire renversé. Le plafond tendu de toiles d'araignées redouble le chant du torrent. Un homme peut y tenir debout sans peine. D'une faille invisible sourd le goutte-à-goutte d'une source filtrée par des mètres de roche. À droite au fond de la grotte, l'eau de la source s'accumule dans un petit bassin naturel. De temps à autre, un grondement sourd monte des entrailles de la montagne, et une bulle vient troubler la surface du bassin. Le surplus d'eau s'écoule dans une rigole de quelques centimètres de large creusée par l'érosion dans l'inclinaison du sol, jusqu'aux hêtres qui lui doivent leur vigueur, avant de poursuivre son chemin le long de la paroi verticale et jusqu'au lit du torrent.

À gauche, le fond de la grotte s'estompe dans un dégradé d'ombre. C'est cette ombre qui attire Stanislas Kosinski. La grotte s'y prolonge en une cavité plus profonde, gardée par une ouverture étroite. Kosinski doit se courber en deux pour y pénétrer, au prix d'une douleur telle que ses yeux se mouillent de larmes. L'intérieur est tapissé d'une mousse épaisse et humide. La lumière n'y entre que faiblement, à peine réverbérée par la voûte de l'entrée. Le son du torrent n'y parvient qu'étouffé, déformé par quelque effet acoustique, comme si s'ajoutait à la vibration de l'air une pulsation communiquée à la pierre par le bouillonnement de l'eau en contrebas. Le vent n'y entre pas. L'air y est froid mais la température doit y être constante. Stanislas Kosinski se dit qu'il n'aurait pu rêver mieux.

Ressorti de la cavité moussue, il étend la peau de l'ours dans le courant d'air de l'entrée, puis entreprend une série d'allers-retours pour mettre la viande à l'abri. Il fait le dernier voyage dans l'obscurité, les bras chargés de branchages.

Le corps souffrant, à bout de forces, il allume un feu à l'étage supérieur de la grotte. Un rocher dissimule les flammes, mais leur lueur danse faiblement sur la voûte et sur les parois, si bien qu'un promeneur nocturne pourrait croire à quelque cérémonie elfique. Mais nul ne se promène ici de nuit, nul ne se promène ici, et Stanislas Kosinski, qui n'a croisé aucun humain depuis son aventure en ville, se régale de viande d'ours et d'eau fraîche. Dans une euphorie qu'il ne s'explique pas lui-même, il oublie ses résolutions de tempérance et d'économie, et s'autorise une seconde ration de viande. Dans l'ondulation des flammes et des ombres, la peau de l'ours semble vivante. Rassasié, amolli par la chaleur du feu, bercé par le chant lancinant du torrent, hypnotisé par le jeu des flammes sur la fourrure, Stanislas Kosinski glisse dans une léthargie bienfaisante. Il n'a plus mal. Il s'ébroue, se lève et ôte ses vêtements sales et déchirés. C'est la première fois qu'il est nu depuis sa baignade dans les cascades. Il soulève la peau de l'ours qui lui a donné tant de mal, la pose sur son dos et descend dans la cavité inférieure. Il jette quelques branchages sur la mousse et s'y étend. Il s'enroule tout entier dans la pelisse au point d'y disparaître tout à fait, et sombre lentement dans un sommeil sans fond, seulement bercé par une infime houle sous-marine et l'écho de souvenirs lointains. L'incendie. Les yeux clairs de Mathilde dans la lumière de la lampe à huile. Une fameuse partie de foot dans le désert. Les courses effrénées dans le sable, la poussière qui aveugle et qui avale Nedjma. La radio du camp qui crachote en code qu'elle et Schizo ne reviendront pas. La cérémonie là-bas, à Paris, avec les généraux, et le président, et les parents qu'il ne connaît pas et qui n'ont, sans doute, jamais entendu parler de lui. Il avait dû regarder l'hommage national sur son téléphone, recroquevillé sur son lit de camp, les écouteurs dans les oreilles, engoncé dans son pull bleu marine trop étroit. Le cercueil porté par d'autres que lui. Le discours du président, plein de mots qui ne voulaient rien dire. Les images trop propres, trop fluides. On aurait pu croire à une fiction hollywoodienne sans le silence de la cour des Invalides où un martinet fébrile voletait en cercles approximatifs, recommençant à l'infini des trajectoires aberrantes de papillon enfermé dans une lampe, au-dessus d'hommes au garde-à-vous qui prétendaient ne pas le voir. Le nom de Nedjma, gravé à la hâte sur une plaque de laiton, avec son grade et l'âge auquel sa trajectoire terrestre a rencontré celle d'un éclat de métal propulsé à grande vitesse par un engin explosif bricolé par des hommes sans visage. La veille de l'accident, elle lui avait donné son pull préféré, le bleu marine. Il lui avait donné en retour son sweat kaki, il avait dit désolé c'est beaucoup trop grand, elle avait répondu dans un sourire c'est pas trop grand, c'est *oversize*, et ce fut sans doute un de leurs échanges les plus intimes. Et pourtant ce n'est que le lendemain, quand on avait ramené au camp le corps de Nedjma, que ce moment avait pris tout son sens : il ne la reverrait plus, il n'y avait plus de « un jour », de « plus tard », plus de rêveries possibles et plus d'atermoiements. C'est au moment précis où cette évidence frappait sa conscience et s'y plantait comme un shrapnel, qu'il avait su qu'il l'aimait. Maintenant Nedjma n'est plus, et lui c'est tout comme. Il n'existe plus aux yeux des hommes, ni aux yeux de quoi que ce soit d'autre, d'ailleurs, sinon d'un ours mort. Sur le pull, le parfum de Nedjma s'en est allé depuis longtemps. Et pourtant, c'est ce parfum que son esprit fait surgir à ce moment ; c'est ce parfum qu'il retrouve intact au moment où il sombre dans l'inconscience.

33.

Le jour se lève et quelque chose a changé.

Une eau lumineuse ruisselle en abondance à l'entrée de la grotte comme un rideau de perles. Le torrent semble plus proche et son bouillonnement forcené résonne comme le fracas d'une bataille. Mille odeurs fortes se mêlent et se bousculent. Ça sent le bois humide, le mouton sauvage, le trèfle et le poisson qui fraie.

Il ouvre un œil.

Il a faim.

Il s'étire et rampe hors de sa tanière. Son stock de viande a disparu. Il s'est endormi sans l'avoir mis à l'abri. Un renard affamé a dû s'en emparer, ou une fouine.

Il paraît sur le seuil de la grotte et il urine longuement au-dessus du torrent.

L'eau a considérablement monté. En face, la rive est submergée. Un tronc d'arbre mort est resté coincé dans le courant. Des herbes ondulent comme des anguilles. La surface de l'eau projette la lumière du soleil en éclats tranchants comme des nunchakus. Le ciel est d'un bleu presque douloureux. Des oiseaux inconnus ont construit leurs nids à même la paroi rocheuse, juste au-dessus de l'eau.

La température est douce, très douce. Il prend une profonde inspiration, comme pour avaler cette tiédeur et réchauffer son organisme. Il frissonne, hume à nouveau l'air chargé de mille senteurs végétales, de fer et de racines gorgées d'eau.

De la neige il ne reste qu'une bande étroite sur la rive, à l'ombre du défilé. Au-delà la prairie, d'un vert violent, est constellée de fleurs jaunes. Parfois leurs pétales s'étirent comme en apesanteur, et ce sont des papillons ; le soleil encore bas illumine leurs ailes translucides comme des abat-jour miniatures. Plus loin, le bois noir a des craquements de mâts et des lambeaux de neige sale subsistent aux avant-postes, à l'abri des basses branches.

Il reconnaît ce paysage, c'est indéniable, et pourtant tout y est comme métamorphosé. La topographie même paraît différente.

Ce n'est pas une nuit qui a passé. C'est dix, ou quinze, ou cent. Le temps qu'il faut à la neige pour fondre, s'infiltrer dans les failles, noyer les goulets inférieurs, nourrir les sources ou dévaler les pentes pour aller grossir le creux de la montagne de ces eaux multipliées. Il sait bien que ces choses-là n'arrivent pas en une nuit, mais il a trop faim pour y penser.

Il entre dans le torrent et se plante solidement dans le courant, face à l'amont. Il scrute la surface écumeuse, la course de l'eau, toujours la même, toujours nouvelle.

Soudain l'eau prend la forme d'un poisson. D'un geste rapide et sûr, il envoie la truite sur le bord où elle se tord de panique et d'asphyxie. Il la dévore telle quelle.

Il a encore faim. Alors il renouvelle l'opération, et la renouvelle encore, chaque fois plus habile, mais jamais rassasié. Et c'est ainsi que s'écoulent les jours et que les nuits leur succèdent, de plus en plus brèves et de plus en plus tièdes alors qu'insensiblement la Terre incline son axe vers l'été. Seul le ruban de neige qui subsiste sur la berge froide du torrent rappelle, comme un scintillant vestige, qu'un hiver a passé.

Un jour, alors que le soleil commence tout juste à descendre au-dessus des arbres, une odeur nouvelle le surprend. Une odeur qui semble venir d'un passé très lointain, à la fois insolite et familière, animale et humaine en même temps.

Malgré le bruit de la rivière, un son lui parvient qui lui permet de compléter peu à peu l'image qui s'ébauche dans son esprit. Un son métallique et nonchalant. Métallique, c'est-à-dire humain. Un lointain entrechoc de quincaillerie bringuebalante. Comme l'harmonieuse cacophonie d'une batterie de casseroles en fer-blanc trimballée par un colporteur de l'ancien temps.

Un troupeau.

Un troupeau est là, quelque part, impossible à situer tant son écho, encore faible, bondit de façon trompeuse d'une paroi rocheuse à l'autre. Mais un troupeau est là, c'est certain, sur ce qu'il considère maintenant comme son territoire.

Par prudence, il regagne la grotte, partagé entre la crainte des intrus et le secret espoir qu'une brebis s'égare sur son domaine. Les truites ne l'ont pas rassasié.

Il se poste à l'entrée de la grotte, à l'abri du bouquet de hêtres.

Il écoute.

Il perçoit toujours les sonnailles et la lourde odeur d'étable du troupeau, mais il ne voit rien.

C'est alors qu'un grand chien blanc se dessine sur le noir épais de la lisière. Il est seul, sans doute venu en éclaireur. Il s'arrête, lève le museau pour humer le vent, fait encore quelques pas, flaire à nouveau l'air du vallon chargé d'herbes et de fleurs. Il hésite, avance encore, semble douter. Puis il s'immobilise, tourne le regard vers la caverne et se met soudain à aboyer, raide sur ses pattes arrière. Mais déjà le troupeau apparaît derrière lui. Les brebis ont soif et elles ont senti l'eau. Un deuxième chien, plus petit, au poil plus sombre à l'exception d'un collier blanc, court sans relâche autour du groupe pour l'empêcher de s'égailler. Un bélier noir semble s'inquiéter à son tour. La cloche qu'il porte au cou est plus lourde et plus grave que les autres. Enfin le berger apparaît. Il parle à ses chiens dans une langue inconnue et sa voix dit que c'est une femme.

C'est elle. C'est Mathilde.

34.

C'est Mathilde et ça lui fait quelque chose dans la poitrine, quelque chose qu'il ne comprend pas. Quelque chose qui le pousse à courir vers elle tandis qu'autre chose le retient. En lui, deux forces contradictoires se livrent un combat violent, et au fond il n'en comprend aucune – il ne *pense* pas : il perçoit des signaux contradictoires et confus qu'il est incapable d'analyser. Le désir et la peur font jeu égal, inhibant toute action. Son corps désire quelque chose mais lui ne sait pas quoi. Son être tout entier veut, mais ce vouloir est ignorant de son propre objet. L'incompréhension, mêlée au bouillonnement insensé de cette exigence aveugle et tyrannique, crée en lui un précipité de rage et de panique. Il est la corde d'un arc, tendue à se rompre dans l'indécision de la cible. Les moutons, les chiens, la bergère forment un tout indéterminé. Il se forme dans son ventre ce qu'il a déjà ressenti, plus faiblement, il y a déjà longtemps, à l'approche du chamois : un impérieux appétit d'étreinte et de dévoration. Le ciel, les couleurs, le roulement des eaux, les cloches, les cris du grand chien blanc, l'agacement des insectes, le tourbillon des odeurs, tout cela contribue à son désordre.

Mathilde alors suit le regard du chien et découvre celui qui se tient sur le seuil de la grotte. Elle plisse les yeux dans sa direction et il ne voit plus qu'elle et elle est source de joie. Alors il se montre enfin, debout sur le seuil de son antre, comme un hôte souhaitant la bienvenue à ses visiteurs, et il appelle. Mais cela fait si longtemps qu'il n'a pas parlé, que le son qui sort de sa gorge ressemble à un cri affreux qui résonne sur la roche et jusqu'aux bois. Il voit la panique gagner le troupeau tandis que le grand chien blanc se rapproche du torrent, plus menaçant que jamais. Il attend que la bergère rappelle son chien mais au lieu de cela Mathilde attrape quelque chose dans son dos, et un éclat de métal l'aveugle un instant. Quelques secondes plus tard il ressent comme une piqûre d'abeille dans l'épaule, et aussitôt après, un claquement bref. Il se dit confusément qu'elle fait erreur, qu'il faut la détromper, alors il bondit hors de la grotte et entre dans le courant. Mais le chien aboie toujours, il porte un collier hérissé de clous et derrière il y a Mathilde, qui épaule à nouveau. Et à nouveau il ressent une douleur dans la poitrine, mais cette fois c'est comme une piqûre de taon, et à nouveau ce claquement sec, presque inaudible dans le vacarme du torrent. Sa respiration se fait laborieuse mais il sort du flot et entreprend de traverser la fine couche de neige qui est le dernier vestige de l'hiver – et au moment où il se dit que cet hiver, décidément, a passé comme une nuit, ses jambes se dérobent sous son poids et il n'a plus la force de se relever, et il voit du rouge sur le sol et c'est son sang qui fait fondre la dernière neige, et peu à peu le froid l'envahit, mais ce n'est pas le froid de la neige, ce n'est pas le même froid, c'est un froid qu'il ne connaît pas.

Il est calme maintenant. Il n'a plus ni désir ni colère. Il lui semble flotter entre la lumière et l'eau. Sa respiration est de plus en plus faible. Il ne veut plus rien, il n'attend plus rien, il regarde : d'abord les cristaux de neige que son haleine fait fondre, puis la femme qui tient encore son fusil d'une main tremblante. Dans un ultime effort il se tourne vers la grotte, vers ce refuge qu'il ne verra plus, vers le torrent plein d'autres vies, de formes infinies, de signes mystérieux ; puis à nouveau vers la neige sale qui brille au soleil et qui, pour quelques heures encore, porte l'empreinte de ses pas, des pas de géant, larges, lourds, profonds, et hérissés de griffes.

Remerciements

Merci à Emma pour la maison sur la colline, à Gisèle pour l'inspiration et la liqueur d'hysope, à Ghislaine pour la confiance restaurée, à Katell et Fred pour leur lecture attentive. Merci également aux paisibles habitants de V. dont je me suis parfois inspiré, bien qu'ils ne se soient jamais (du moins à ma connaissance) rendus coupables d'actes que réprimeraient la morale, la loi, ou le règlement intérieur de la Fédération nationale des chasseurs.

Votre livre est fabriqué en France sur un papier certifié PEFC,
pour une gestion durable de la forêt.

Ouvrage réalisé par Cédric Cailhol Infographiste

Reproduit et achevé d'imprimer en octobre 2023
par Laballery à Clamecy.

Dépôt légal : septembre 2023– Numéro d'impression : 309681
ISBN : 978-2-8126-2490-2

Imprimé en France